大賢者サイトーの帰還
「さあさあダーリン、早く早く！
急がなきゃ、扉が閉じちゃうよ～」
そんな声に後押しされるように……。
俺はもう止めることのできないゲートの魔法に、
無事吸い込まれていった。

親娘喧嘩
「麻也、もう良いから離れなさい」
「ママこそ離れたら？
お兄さん、なんか困ってる感じだし」
「大人の事情があるのよ」
「そーゆーのは、
子供の居ない所でやって」
麻也
加奈子の娘。
父親の血を継いだその正体は——!?

そして二人は、俺に抱き着いたまま
親子喧嘩を始めてしまった。
もうこれ、喜んでいいのか
楽しんでいいのか……分からない。
斉藤達也（大賢者サイトー）
転生した異世界で、比類なき魔法使い――
大賢者となった少年。
日本に戻って隠遁するつもりだったが――！
加奈子
サイトーの元クラスメイトで
マドンナ的存在。
今も仕事相手に人気があるようで。

闇の女王《クイーン》の本性
瞳と髪は血のように赤く染まり、
妖艶な唇からは
二本の牙が光っていた。
「前回は失敗したからって、
報酬がもらえなかったけど、
今回はちゃんと弾んでよ」
「ああ、安心しろ」

異世界帰りの大賢者様は
それでもこっそり暮らしているつもりです

Author-Kino Nikyu
Illust-Kusaka Kou

Author 木野二九
Illust 日下コウ

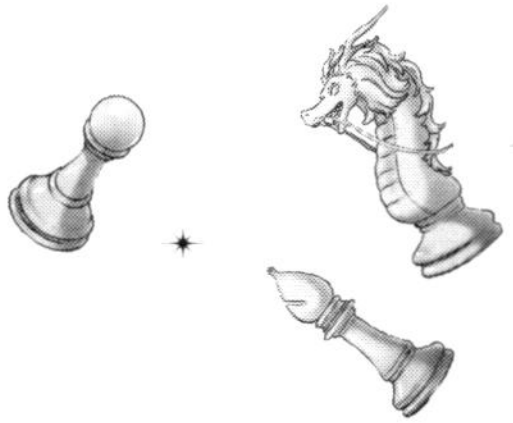

CONTENTS

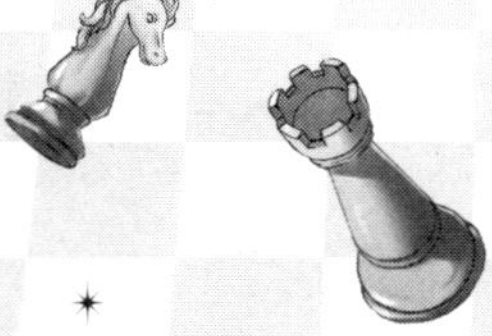

〈序文〉

この世界の歴史をひもとくに当たって、最も後世に影響を与えた人物は誰か。

この問いに答える者は、彼の名を挙げる者もいれば、人族・魔族・亜人族の国々を平和裏に平定させた、歴史上最も美しい皇帝と称されるアナスタシア・ランフォード三世や、同時期に混乱した魔族領を治めた初代魔族合衆国大統領ゲンイチ・テンコの名を挙げる者もいるだろう。

では史上最強の英雄とは誰か。もちろんこの問いにも彼の名を挙げる者がいるだろうが、初代大賢者ケイト・モンブランシェットの名や、帝国及び魔族領で活躍した闘神ドミトリー・キリンの名を挙げる者も多いだろう。

しかし、史上最も愛された英雄は誰か。

――そのように問えば、多くの人々が口をそろえて彼の名を挙げるはずだ。


それは、「大賢者サイトー」だと。

現在帝国で生活している者で、この名を知らぬ者はいないだろう。帝国最高額金貨の肖像であり、賢者会の発行する多くの教書の著者として名を連ね、聖教会を訪ねれば壁一面の宗教画《イコン》に彼の活躍が描かれている。

彼の思想である『求めるは小さく尊き幸せ』は、賢者会や正教会の教えを越え、人々の暮らしに深く根付いている。

子供たちに語る寓話《ぐうわ》やお伽噺《とぎばなし》にも登場し、その破天荒だが人間味あふれる逸話は今も人々の心を捉えて放さない。しかし実際彼が具体的に何を成したのか、明確にそれを語れる者はいない。

公式な歴史書に、彼の名が登場するのは、たった一節のみ。

とある理由で時の皇帝アナスタシア・ランフォード三世が、彼の行動を秘匿したという説もあれば、魔族合衆国大統領ゲンイチ・テンコと敵対関係にあったため、魔族がその史実を何らかの方法で公式書から抹消したとも言われている。

大賢者サイトーそのものが、後に賢者会や聖教会が民衆をコントロールするために仕立てた偶像であり、実存していなかったと主張する者までいる。

唯一残った公文書には、こう記されていた。


——モンブランシェット歴三〇三六年——

マジェスティ帝国率いる人族軍は魔族軍と幾度の戦闘を交えたが、占領された人族領の奪還は叶《かな》わなかった。

人族最大国家である帝国も疲弊し、このままでは人族が滅びると判断した皇帝アナスタシア・ランフォード三世は、人族と魔族の戦いに不干渉であった大賢者であり、神と同等の力を持つと称されるケイト・モンブランシェットに、魔王討伐へ向かっていた勇者パーティーへの同行を願う。

魔族軍の戦力のかなめでもあり、過去多くの勇者パーティーが挑み討伐に失敗したその魔王は、過去最大の実力と言われていた。

しかし大賢者ケイト・モンブランシェットの弟子であり、後にあまたなる世界のバランスを取り戻した『大賢者サイトー』が勇者パーティーに参加し、状況を覆す。


今、帝国情報公開法により二百年が経過した機密情報が開示された。その中にひとつの『記録石』と一通の手紙が見つかる。手紙は皇帝アナスタシア・ランフォード三世の直筆であり、宛先は大賢者サイトーであった。

この手紙と記録石をひもとくことで帝国史上最大のロマンスと、最も人々に愛される英雄の、真の姿を知ることができると私は確信している。

まずはこの記録石に秘められた『大賢者サイトー』の記憶を、ここに書としてまとめておく。

サイトー歴　一〇六年
マジェスティ帝国歴史学賢者　モーリス・アマデラド

第一章　大賢者様の大いなる帰還

「戦闘馬車《ルーク》をe4、チェック」

俺は人里離れた砂漠で、師匠からいただいた漆黒のローブをひるがえす。

勇者パーティーと共同で、チェスボードに模した広大な魔方陣に追い込んだ、巨大な魔王に向かって微笑《ほほえ》む。

「はっ！」

手のひらサイズの戦闘馬車《ルーク》に乗った美少女人形が、掛け声とともに馬にムチを入れ、ミニスカートの鎧《よろい》を揺らしながら俺の指示通り真《ま》っ直《す》ぐ突進する。

すると魔王の脚の一本を、ランスで貫いた。見た目は可愛《かわい》らしいが、俺の魔力を載せた『チェスの駒』の攻撃は、確実に魔王の生命力を削っている。

「ぐがぁぁああ」

追い込まれた魔王が苦悶《くもん》の雄叫《おたけ》びを上げた。感じる魔力の減少と表情から、あと一歩であいつを討伐することが可能だと俺は確信する。

「大賢者サイトー様、ケインが！」

神官服からこぼれそうな大きな胸を揺らし、俺の隣でバックアップをしていた聖女アンジェが叫んだ。

位置魔法で勇者ケインを確認すると、魔王の後方で腕に深手を負って動けなくなっている。

あいつの実力を考えると、ここまで俺の魔導人形が敵を追い込んで、戦局が落ち着いてから怪我《けが》をすることが不思議だ。

詰めの甘い男ではないし、勇者だけあってこのパーティーの中では実力が頭一つ抜きん出ている。どこか意図的なものを感じて胸がモヤモヤしたが……きっと何かの間違いだろうと、俺は自分に言い聞かせた。

せっかく追い込んだ駒の配置をずらしてしまえば、あの魔王の生命力が戻ってしまう可能性がある。少し悩んでから、

「アンジェ、回復の奇跡を俺に打て」

回復魔法が苦手な俺は、聖女の奇跡を魔法で送ることにした。

どうやらそれも離れ業らしいが、俺の師匠だった大賢者ケイトは、その程度の事は何でもないような仕草でやすやすと行っていた。

「は、はい」

アンジェの声に俺は今組み立てている封印術式を操作しながら、受け取った奇跡をケインへ送る。

「そんな、二つの大魔法を同時に……しかも無詠唱で」

アンジェが驚きの声を上げた。振り返ればきっと、情熱的な赤い髪と瞳を揺らして俺を見ている

だろうが、今は魔王に集中する。

美しいお顔とエロいボディーをお持ちの聖女様は、勇者ケインとたぶんもうデキていたから、今さら尊敬の念を集めても遅い。

「騎士《ナイト》をb6、チェック」

俺が続いて指先を動かすと、白馬にまたがった手のひらサイズの美少女騎士人形が、隠れていた砂中から剣を抜いて躍り出る。

「ひゃっはー」

そして奇声を上げながら魔王の攻撃をかいくぐり、ボヨーンと大きな胸を揺らして、先ほど戦闘馬車《ルーク》が攻撃した反対側の脚を二本、立て続けに大剣で切り裂いた。

騎士《ナイト》は狂戦士《バーサーカー》が使用していた伝説の剣から作り上げた魔導人形のせいか、普段は大人しいが、剣を持つとちょっと言動が微妙になる。

まあ、あれだな……攻撃の後、嬉《うれ》しそうにガッツポーズを決める姿が可愛らしかったから、良しとしておくか。

さらにチェスの駒を模した魔導人形で波状攻撃をかけると、魔王は二つの顔を同時に苦痛に歪《ゆが》めながら俺を睨《にら》む。

魔王は二位一体の身体と頭脳を持っていた。

二人の身長十メートルを超える大男を、左右で強引にくっつけたような姿だが、四本の手足を器用に動かし、二つの頭脳で攻撃と防御を同時に行う技は、二人の巨人族を相手するより厄介だ。おまけにどちらかを倒しても片方が生き残っていれば、瞬時に復活する。

そのためやつが簡単に復活できないよう、封印術式に追い込み、徐々に魔力を削る必要があった。

「ケイン、ライザー、モーリン、今だ、引け！」

そのため今回の作戦は、勇者パーティーの勇者ケイン、聖騎士ライザー、大魔導士モーリンが同時攻撃を仕掛け、俺がそのスキに魔導人形を利用して術式を完成させるものだった。

「すまない、サイトー」「くそっ、ろくなダメージを与えられなかった」「サイトー、もう術式は完成したのか」

ケインとライザーが俺の後ろに逃げ込み、魔法の杖《つえ》に乗ったローブ姿のモーリンが、ふわりと俺とアンジェの間に着地する。

青いショートボブにボーイッシュな顔立ちだが、ローブの下はミニスカートで、いつも元気に飛び回る。今もチラリと純白のパンツが見えたが、俺は集中を切らさない。

モーリンは健康的な太ももを元気よくさらし、胸の大きさはアンジェに及ばないものの、躍動感に満ちて均整の取れたスタイルは目を引くものがあった。そして幼く見えるが整った顔立ちは、とてつもなく可愛らしい。

しかし俺はそんな美女たちに目もくれず、クールに振る舞いながら、魔王に引導を渡す。

「これで、チェック・メイトだ」

師匠から受け継いだ杖を地面に刺し、魔方陣の盤の上にいた駒たちをローブの裏の収納魔法に避難させ、呪文を小声で唱えながら封印魔法を完成させる。

すると「ドーン」と地響きのような低い音が響き、魔王の二つの顔が同時に苦痛に歪む。そして足元から、ボロボロと音を立てて崩壊を始めた。

「す、凄い……こんな大魔術、ボクじゃ理解すらできないよ」

モーリンが崩れ落ちる魔王を見上げながら、歓喜の声を上げて俺に抱きついてきた。

「もうこれで脅威はなくなる、後は帝国軍に任せても問題ないだろう」

「やったね、やっと人族領も平和になる」

モーリンはそう言いながら俺から離れ、聖騎士ライザーに走り寄った。

「ありがとうサイトー、後は俺たちの仕事だ」

二人は満面の笑みを浮かべて抱き合う。

ライザーは帝国軍の高級士官で大貴族でもある。整った品のある顔立ちの美男子だし、根が正直でいつも正々堂々としていて悪いやつじゃない。

だから寄り添うモーリンの姿にも、俺はエールを送っている。残りの魔族軍討伐は、二人の実力ならイージーオペレーションだろう。

どうか幸せになってくれ。

決して羨ましいわけじゃないが、二人を見ているとなぜか涙が浮かんだ。まあこれはきっと魔王を倒した達成感だろう。

「サイトー、本当に帰っちまうのか？」

アンジェの肩に笑いながら手を回した勇者ケインは、ワイルド系の美男子だ。孤児から這《は》い上がり聖剣に選ばれ、教会からも絶大な信頼を得ている。努力家で正義感に満ちた性格は、俺も好感を持っていた。

「この討伐が終わったら、アンジェと結婚するんだ」

昨夜俺に死亡フラグ並みのカミングアウトをしちゃうおっちょこちょいな所もあるが、まあしっかり者のアンジェとなら安心だろう。

だがせめて人に話しかけている時に抱き合うのはやめてほしい。アンジェの巨乳が凄《すご》いことになっていて、目のやり場に困る。

「ああ、やっぱり俺の居場所はここじゃないらしい」

ふと、心の中でそんな独り言が漏れてしまう。

俺は大賢者の称号を得るまで師匠と過ごした、あの厳しすぎる修行の日々を振り返り……勇者パーティーに入ってからの三年も振り返ってみた。男三人に女二人。多分この男女構成が不味《まず》かったのだろう。せめて三人三人とか、いや男二人で女三人とかならまだ希望があったかもしれない。

「この魔王の秘密。ゲートの力を借りないと、俺でも元の世界に帰ることはできないからな」

魔王の身体が土塊に戻り、俺の作った魔法陣の中央に古びた木製のドアが一枚現れる。

「あれ？　二枚だと思っていたが」

崩れ落ちた魔王に近寄り、俺は首をひねった。

この世界には、時空を越えることができる三つの扉が存在している。

そのうち一枚は俺の師匠である初代大賢者が所有していて「残り二枚の場所が分からない」と言っていたが、

「どうした、サイトー？」

勇者ケインが扉に近付き、まるで何かをたしかめるように俺を眺めた。また、なぜかその視線に胸がモヤモヤしたが、俺は苦笑いしながらそれを抑え込む。

「いや、何でもない」

きっと魔王の強さや形態から勝手にそう思っていただけで、あと一枚は別の場所にあるのだろう。俺は気を取り直して、現れたドアに歩み寄る。

討伐に同行してから四天王と呼ばれる魔族軍の大将を倒したり、人族を苦しめていたダンジョンを制覇したりするたびに得た情報で、この存在は分かっていた。

「こいつは魔王の力が消えると、俺の力でも使用できなくなるからな」

この扉を動かすには何万人の『魂』が必要になる。だから魔王が保有していた『魂』のエネルギーが消える前の、このひと時しか日本に戻るチャンスはない。

師匠は「この世界でも幸せは探せるじゃろうに」と、ため息をついたし、皇帝陛下には随分と引き留められたが、べったりと寄り添う二つのカップルを見ていると俺の意志はより強固になる。何せこの異世界は美男美女が多すぎる。長く暮らしていたせいか俺の容姿にも多少の変化があったが、やはりレベルが違い過ぎた。しかも師匠から大賢者を襲名し、魔王討伐に加わってから、どうやら俺は悪目立ちしてしまったようだ。


まず、魔族軍と戦うたびに援軍である帝国最大の精鋭部隊、魔王討伐騎士団の人たちの態度が変わっていった。

はじめは良き戦友としての連帯感があったが、徐々に「うん、もう大賢者様が凄すぎて、我らは戦う気力が失せました。どうか、好きにやっちゃってください」的な態度に変わった。

まあ、魔族軍を含め、両軍の死傷者をなるべく出したくなかった俺は、敵の武器を『お菓子』に変えて戦闘不能にさせたり、俺に向けられた攻撃魔法を『どうしても大笑いしたくなる衝動波』に変換して逆流させ、そのスキに魔族領に集団転移させたり……。

そんな戦法ばかりとっていたのが原因なのかもしれない。

俺としては、かなり真面目にやっているのだが、魔族軍からは「悔しいが、小手先で遊ばれている」とか「あいつが本気を出したら、魔族は根絶やしにされるのでは」とか「もう、なんか戦う気をなくしたよ」とか……言われたい放題だった。

師匠や陛下や相棒の闇の女王《クイーン》からは、まだまだ甘いところがあると言われたが、そんな戦法を繰り返したら、魔族軍も俺の存在を察知するだけで震え上がって逃げて行くようになったから、効果はあったんだと思う。

最近は俺が戦闘態勢に入ると、味方の魔王討伐騎士団がラッパや太鼓で応援したり、チアガールのような服装に着替えた女性兵から「キャー素敵！」「ア・イ・シ・テ・ル」「大賢者様ファイト！」なんて、謎の声援を受けたりした。

これじゃあ騎士団じゃなくて応援団だと頭を悩ませていたが、魔王を討伐したお祝いだろうか？振り返ると、今やすっかり愉快な楽団と化してしまった騎士団が、見事な演奏をしている。

陛下から魔王討伐とともに帝国兵の人材育成も頼まれていたから、彼らにも魔法の手ほどきや戦闘の心得を教えてきたが……なぜかそのたびに演奏が上手《うま》くなり、もう充分お金が取れるレベルに達している。

うん、きっと、平和になっても再就職に悩む必要はないだろう。

涙ながらに手を振る騎士団長や女性騎士たちに向かって、俺もいろいろな意味で悲しみを堪えながら手を振り返した。

魔王討伐騎士団や魔族軍がどんな噂《うわさ》を流したのか知らないが、作戦会議や陛下から押し付けられた無理難題を解決するために帝都城に戻ると、他の人々の態度も変わっていった。

よそよそしいというか、堅苦しいというか。

軍事会議でチラチラ俺を盗み見ていた美しい女性将軍に、勇気を出して「この後、街に繰り出して食事でもしませんか」と誘ってみたら、きれいな笑顔をたたえたまま気を失って、パタリと音を立てて倒れ込んでしまったし。

国教でもある聖教会が、資金繰りのために俺の肖像を封じ込めた魔法石を販売してからは、街に出ても似たような態度を取られるようになってしまった。

神聖王国の聖女でもあるアンジェの話では、その肖像石は若い女性に特に人気で、中にはプレミアが付いた商品もあったとか。

魔除けにでも使われているのだろうか？

以来、フードをすっぽり被らないと街もろくに歩けない。顔を出したまま街を歩くと、突然貴族にひれ伏されたり、強面《こわもて》のおっさんに震え上がられたり……若い女の子に遠巻きにヒソヒソ言われたり。

そう言えば夜の森で盗賊に襲われていた娘を助けた時も、ついついフードを外して「怪我《けが》はないですか？」って話しかけたら……。

「えっ、え、うそっ」

とか叫びながら、ペンダントにぶら下げていた肖像石と俺の顔を何度も見比べて、顔を真っ赤にしながら気を失ってしまった。

――さすがに、あの時は俺も傷ついた。

そこまで怖がらなくてもと思い、陛下や師匠に「どうしたら女の子と仲良くなれるのか」と相談しても、プイッとそっぽを向かれるだけだし。

相棒でもある闇の女王《クイーン》に相談しても「うーん、ダーリンそれは、あたいの仕掛けた『愛情の枷《かせ》』がちゃんと機能してるってことだからさー、そのまま勘違いしてて」と、幼女姿のまま嬉しそうに、意味不明なことを言いながら俺の頭をポンポンと叩《たた》くだけだった。

きっとこんな状態で、ここまで怖がられていたら、この世界で彼女なんてできはしない。

――やっぱり日本に戻ってこっそりと暮らし、新たな出会いに期待するしかなさそうだ。

師匠は「ささやかな暮らしにこそ真の幸せがある」と言っていたし、俺には人として、どうしてもそれが必要だとも言っていた。

あらためて勇者パーティーの姿を確認すると、彼らからも成長が感じられる。これなら陛下からの密命である『帝国兵の育成』も達成できただろう。

俺は古びた木製のドアに近付き、魔法陣を描く。この世界と日本では時間軸が同時進行でつながっているせいで『時』の指定はできないが、何とか『場所』の指定はできた。

悩んだすえ、日本での思い出の場所の座標を書き込むと「大賢者サイトー様……これでお別れなので、最後に私の気持ちを聞いてください」と、聖女アンジェが両手を組んで俺に祈りを捧《ささ》げるようなポーズをとる。

「ずっとお慕い申しておりました。今もその気持ちは変わりませんが、ケインと共にこの世界を守ってゆきます」

お慕い？　まあ尊敬はされてるかもと思っていたが、ちょっとニュアンスが微妙だな。そのうるんだ瞳に俺が首をかしげると、

「まあ、あれだ。アンジェの恋愛相談に乗ってて、その。だがサイトー、この世界のことは安心してくれ、俺たちが必ず平和にして見せる」

その後ろで、ケインがツンツンにとがった髪をポリポリと掻《か》く。

恋愛相談？

「あははは、やっぱり気付いてなかったね。あの帝国最強アイドルの猛烈なアタックを無視し続けてきた男だから、仕方ないよ」

モーリンがアンジェの肩をポンと叩くと「モーリンだって結構露骨にアタックしてたじゃないですか」と、アンジェが可愛らしく頬を膨らませる。

「あたしは高嶺《たかね》の花を諦めて、好きだって言ってくれる男を見つめなおした結果だからさ」

楽しそうに笑うモーリンの横で、ライザーがサラサラのロン毛をかきあげ「サイトー、ずっと尊敬していた。いつか俺もお前みたいになれるよう、努力を続ける。そして世界も平和にして、モーリンも幸せにしてみせる」と、恥ずかしそうに呟《つぶや》いた。

「ああ、俺も同じ思いだ！」

ケインも手を握りしめて俺を見る。汗臭そうな男の話はどうでもよいが、高嶺の花？　アタック？？　ひとつの事に集中すると周りが見えなくなるタイプだとよく言われたが……。

アンジェが？　モーリンが？　帝国最強のアイドルって誰だ？

そんな記憶はどこにも見つからない。思い出すのは魔族軍との熾烈《しれつ》な戦いや、勇者パーティーに対する指導やサポートの日々だけだ。

嘘《うそ》をついてないかと思い『サーチ魔法』を発動させたが、皆事実を語りあいながら俺の門出を祝っている。

なぜか脳内で幼女姿の闇の女王《クィーン》が、嬉しそうに俺の頭をポンポンと叩く姿が浮かんだ。ま、ま、まあ、過ぎたことは仕方がない。ここは師匠直伝の前向き思考で乗り切ろう。

後数分で扉が開くところで「それからこれは陛下からの贈り物です、きっともう説得しても無駄だからと」と、アンジェが小さな箱を渡してくる。

そう言えば魔王討伐の依頼を受けた際、対価を求めるふりをして適当なことを言ったが、結局その報酬すら受け取っていなかったな。

あれは受け取れるものでもないし、追加で陛下からいろいろと無理難題も受けたが、まあそれも今となっては良い思い出だ。

フタを開けると一番上に手紙があり、下には観たこともないような大きな記録石があった。ふと手紙を開くと「私を自由にする権利を寄こせと言いながら指一本触れなかった大バカヤローへ、先ずこの言葉を送る」で始まり、そしてその下に小さく「愛してます」と書かれていた。

……えーっと。

俺がうろたえると、楽団にしか見えなくなっていた騎士団が全員目に涙をため、これが最後とばかりに熱狂的な演奏を始める。例の謎の服装をした女性騎士たちは、抱き合って号泣しているし。勇者パーティー四人も、涙ながらに俺に向かって手を振っていた。

「あれ、これって戻る必要ないんじゃね？」

と、そんな考えが脳裏をよぎったが……脳内で闇の女王《クィーン》が叫ぶ。

「さあさあダーリン、早く早く！　急がなきゃ、扉が閉じちゃうよー」

そんな声に後押しされるように……。

俺はもう止めることのできないゲートの魔法に、無事吸い込まれていった。

×　×　×　×　×

異世界転移ゲートに吸い込まれると、時空の歪《ひずみ》に入ったせいか、古い記憶がよみがえる。

ガキの頃は、神童と呼ばれてた。小学校低学年の頃にチェスの子供大会……まあ、街で行われた小さなイベントだったけど、それに三年連続で優勝したし、運動会でもマラソン大会でもヒーローで成績も悪くなかった。

厳しかった親父《おやじ》も俺を自慢していたし、あの頃は母も優しくいつも俺の後をついてくる二つ年下の弟も可愛がっていた。

状況が変わり始めたのは中学の時。どこかで何か、魔が差したように。

徐々に成績が落ち始めた俺に対して親父の態度が厳しくなり、母は成績も上がり中一でサッカー部のレギュラーを勝ち取った弟に夢中になった。

――せめて学校の成績だけでも。

そう思った俺は補欠に降格した陸上部を辞め勉強に集中したが、なかなか結果が出ない。そう、何かが崩れ始めると、雪崩のように勢いは増す。それを本人ひとりで止めることは不可能だ。

一向に成績が上がらない俺に親父も母も愛想をつかし始め、家庭内では弟の話ばかりになり、陸上部を辞めた俺はクラスでも浮きはじめ、いじめの対象になり……。

何とか滑り込んだ高校も進学校とは呼べず、ガラの悪い同級生たちの良い玩具《おもちゃ》になっていた。

エスカレートするいじめを教師に訴えても、「お前にも悪いところがあるのじゃないか？」と、まともに取り合ってもらえない。

こんなんじゃあ勉強もできないと部屋にひきこもり、教科書や参考書と格闘する日々を送った。

どこかで、

「もうあの子の面倒を見たくない」

そんな母の言葉や、

「兄貴キモいんだよ」

そんな弟の言葉が聞こえたり、俺を無視して何も言わなくなった父親の姿が、ぼんやりと目に浮かんだりしたが……。

俺は無我夢中で勉強に没頭した。

――もう心のどこかが、壊れていたのかもしれないが。

あの頃のことは、幾つかあいまいな記憶があり……あるきっかけがなければ、しっかりと思い出すこともできなかったほどだった。

鏡の中で痩せ細り、餓鬼《がき》のような男が笑いかけるようになった頃、見たこともない、信じられないほど美しい女性が時折話しかけてくるようになる。

とうとうその女がハッキリと目の前に現れると「あなたはこの世界の肉体を失いましたが、ある条件を満たしています。違う世界で生を受けて、人生をやり直しませんか」と、優しく微笑みかけてきた。

「何か条件でもあるのか」

「歪み、滅びゆくあまたの世界を救ってください、そのために必要な力も与えましょう」

俺も微笑み返したつもりだが、ゲームや漫画に登場する女神のような美しい女性が苦笑いしながら距離を取ったから、上手くいってなかったのかもしれない。

「力じゃないとダメなのか」

俺には想像の世界でもいいから、切望するものがあった。

「なんでしょう」

「こんな俺でも見捨てずに、最後まで付き添ってくれる人物」

俺が呟くと、突然意識が消え……。

目覚めると、日差しもろくにあたらない深い森の中にいた。


遠くで獣の雄叫びのような物も聞こえてくる。途方に暮れていると「どうした、こんなところで行き倒れか？」と、猿の耳と尻尾を持った、どう見ても十二～十三歳ぐらいの、純白のドレスを着た超美少女に話しかけられた。

「俺を見ても、不気味だと思わないのだな」

「ふむ、たしかにやせ細り、餓鬼のような飢えた表情をしておるが、なかなか良い目をしておる。

——実に好みじゃ」

スラリと整った鼻をひくひくさせ、

「我の森で嫉妬の女神リリアヌスの匂いがすると思って慌てて来てみれば、こんな事か。あの悪戯《いたずら》好きな神々が何を考えておるか分からんが……まあこれも、何かの運命じゃろう」

その少女は、白銀色のフワフワとした癖っ毛の中に猿の耳を隠し、尻尾も見えなくする。

「賢を極める気があるのなら、ついてこんか？　その瞳の奥には選ばれし者の輝きが潜んでおる」

優しく微笑みながら、その小さくて温かい手を差し伸べてくれた。

それが三千年の時を生き、その世界で唯一人、生命《オド》と魔力《マナ》の統合思念である『大いなる意志』に認められた……大賢者ケイト・モンブランシェット。

——俺の師匠との出会いだ。

そこまでの記憶がリプレイすると、俺の意識が大きな光に包みこまれた。指定した座標に到着したのだろう。自然と胸の鼓動が高くなる。

光の扉が開く瞬間、視界の隅にぼんやりと、うずくまって泣いている幼い少女の背が見えた。

それが探し求めていた大切な何かのような気がして、ふと手を伸ばしたが、開く扉の光にかき消されてしまう。

「ダーリン、慌てないで。それはこれから、ゆっくりと探せば良《い》いから」

闇の女王《クィーン》の声と共に、身体が徐々に具現化を始め……。

俺は懐かしの商店街の路地裏の、なぜか粗大ゴミ置き場に詰め込まれていた。

×　×　×　×　×

正直、何年異世界にいたのか良く解《わか》らない。師匠に弟子入りを認められ、修行に明け暮れていた頃の時間感覚があいまいだからだ。

無限回廊図書と呼ばれる亜空間に閉じ込められ、数億冊の書籍を理解するまで外に出られなかったり……死の谷に放り込まれ、伝説の魔女を救い出したり……自然災害と化した太古の龍王《キング》を鎮めろと言われ、何度も死にかけてはその龍王《キング》の血を浴びて復活し、最終的にお互いを友として認め合うまで。

――いったいどのぐらいの月日を必要としたのか、正確に思い出せない。

師匠のアドバイスは少なかったが、必要なタイミングで俺を救い、優しく導いてくれた。それが無かったらくじけるか命を落としていたが、楽しい日々であったことも間違いなかった。

「熱中し過ぎるのも悪い癖なんだろうな」

しかしここにきて、初めて時間の感覚を失っていたことを後悔する。

俺の見た目は二十歳前後だから、素直に考えれば五年ぐらい経過したことになるが、いまひとつ自信がない。勇者パーティーの連中は皆同い年ぐらいに見えたが「サイトーは考えが大人だよな、やはり大賢者だ」と、よくそんなことを言われた。

俺は捨てられたタンスや机や椅子をかき分け、何とか外に出ると「とにかく前向きに考えよう」と、身体についたホコリを払いながら胸を張って歩き出した。

俺の故郷は、都心から少し離れた山間《やまあい》の観光地だ。生まれは隣県の政令指定都市だが、幼い頃にこの街に来たから、思い出の地と言えばここしかない。

山上の城とキレイな湧き水が自慢で、歴史ある城下町の夏祭りは全国的にも有名だ。

ドキドキしながら周囲を見回すと、城下のたたずまいはちゃんと残っていたし、随分デザインが変わっていたが、自動車も四本のタイヤで走っている。

昔見たＳＦ映画のように、車が空を飛んではいなかったし、川沿いの公園で遊ぶ子供たちのスケボーも空中浮遊していない。

路地裏を抜けて表通りに出ると、活気に沸いていた本町商店街は夕方の書き入れ時なのにシャッターが下りている店が多く、人通りもほとんどない。

できれば立ち食いしたかった懐かしのコロッケ屋は、店舗すら存在していなかった。しかもシャッターにはスプレーで妙な落書きをされた店まである。

まさか人類が破滅に向かっているとか、日本経済が崩壊したとか……。

嫌な想像が頭をよぎったが、やがて目的の洋服店が目に入り、営業中の看板も立っていたのでとりあえずホッとする。


「まず情報を収集してからだな」

中学の指定服を扱っていた店だが、紳士服も扱っていた。

店の娘……幼なじみの加奈子《かなこ》ちゃんも、店主のおじさんも気さくな人で、小学生時代俺にチェスを教えてくれた人でもある。

落ちこぼれても俺に話しかけてくれた加奈子ちゃんなら、事情を話せば助けてくれるかもしれないという思いもあった。

それに、突然自宅に帰る勇気もなかったから、この場所を選んだが……。

「いらっしゃい」

店番していたのは、高校生ぐらいの知らない女の子。

五年経過してれば加奈子ちゃんも二十歳ぐらいのはずだし、着ている制服は見たことがないブレザーだった。しかも手にボタンのない電卓のような物をもって、それを眺めているだけで……顔すら上げようとしない。

「えーっと、とりあえず着られるものが欲しいのだけど」

不審に思いながら話しかけると、女の子は俺を見て首をかしげる。

「コスプレ・イベントか何かの帰りですか？」

活発そうな美少女で、ぱっつん前髪に肩までのセミロングの髪は清潔感にあふれていた。身長も女の子にしては高そうで、躍動感のあふれる身体つきはスポーツか何かを本格的にやっていそうな感じだ。俺があいまいに頷《うなず》くと……。

「普通の服ならもう少し行ったショッピングモールで買った方が、種類も多くて安いですよ」

「ショッピングモール？」

うーん、怪しい人物に対する販売拒否かな？　もう一度女の子を見ると、どこか加奈子ちゃんに似ている。意志の強そうな瞳と整った鼻立ちは、独特の人目を惹《ひ》く美しさがあった。

ひょっとしたら親戚なのだろうか？

「昔よくこの店で買い物をしたから、懐かしくって。その、加奈子ちゃんは元気ですか」

思い切ってそう切り出す。師匠からもらったローブの下は陛下からいただいた帝国の騎士服のままだ。店内にあった鏡で確認しても二十歳そこそこの怪しい男にしか見えないから、先ずはこの服を何とかしなきゃいけない。

異世界に転移した際に師匠が俺の持ち物……その時着ていた服やポケットに入れていた財布等を『収納魔法』で保存してくれたが、服はすっかりサイズが合わなくなっている。

「加奈子……母ですか？　ちょっと待ってて下さい」

女の子はそう言うと俺を睨んで、店の奥に逃げるように走って行く。えーっと母？　聞き間違いだろうか。それとも俺が怪し過ぎて、適当な嘘をついて警察でも呼びに行ったのだろうか。

それなら事が大きくなる前に姿を消そうと、魔術がどこまで使えるのか確認する。ローブのポケットに入れていたチェスの駒たちに魔力を通してもちゃんと反応してくれたし、瞳に魔力を通しても周囲をサーチすることができた。

ちょっとしたズレは感じたが、この手ごたえなら簡単な転移魔法や飛行魔法は使えるだろう。

俺の魔法発動に応えるように、足元に観たこともない魔法陣が現れ、「ジジジ　試練を乗り越えし……異界から戻りしジジジたる……ジジジ　よ。我が地にて……ジジジー……」と、ノイズ混じりに年老いた女性の声が聞こえてくる。

感じた魔力波は、異世界で生命《オド》と魔力《マナ》を司っていた『大いなる意志』に近い。この世界にも『大いなる意志』が存在するのかと、その方向に手を伸ばすと……まるで現れた魔法陣をかき消すように、今度はプログラムコードのようなものが空中に現れ、キラキラ降り注ぎながら『お帰り』と、ハッキリとした幼女の声が響いた。

とっさに差し出した自分の手でサーチ魔法を展開し、その正体をたしかめようとしたら、足元の魔方陣も空中を浮遊するプログラムコードもかき消えてしまう。

耳を澄ましてもどちらの声も聞こえなくなり、気配も感じられなくなった。

なんだかまるで、二つの『大いなる意志』がこの世界に存在し、互いに主導権を競い合っているようにも見えたが……。


念のため目と耳を魔力で強化して周囲を警戒しながら待っていると「うそっ」と、小さな悲鳴のようなものが聞こえる。

振り返ると、店の奥から二十代半ばに見える「加奈子ちゃんが年齢を重ねたらこうなる」だろう、美しい女性が、両手で口を押えて佇《たたず》んでいた。

ふわりとした栗色《くりいろ》のロングヘアに、ピッタリとした黒のニットとグレーのタイトスカート。ややつり目の大きな瞳は昔と変わらない魅力にあふれていて、整った顔立ちをさらに引き立てている。

問題があるとしたら、ちょっとエロすぎる雰囲気だろうか。ニットの胸元が大胆に開いていて、目のやり場に困る。

俺がついつい足元から順にその女性を眺めてしまうと、

「身長１６７センチ、ヒップ88、ウエスト59、バスト95のＧカップ」

そんな解析結果が脳内に表示された。

狙ったわけじゃないが、悪い情報でもない。うん、まあここは前向きに考えて……俺の魔法に狂いは無いようだ、と。

――冷静を取り戻すために、心の中でそう呟いてみた。

令和……それが今の元号で、西暦では２０２１年。今日は五月の二十二日だそうだ。日本での最後の記憶は平成十四年で、西暦だと２００２年だった。……そーなると異世界で、十九年の時が流れたことになる。

「ごめんなさいね、昔仲が良かった人に似ていたから」

加奈子ちゃんは店のカウンター奥に座って、苦笑いしながら在庫表とカタログを俺に見せてくれた。展示スペースがあまりない個人商店だから、カタログで選んでくれれば在庫から出してくれると言う。

俺は自然とカウンター前の客席に座った。店内は昔のまま、時が止まったかのように変わらない。

二十坪ほどの狭い店内には中学や高校の制服が並び、残り半分に紳士物のスーツやシャツが並んでいる。変わったのは、そのスーツのデザインや、制服を着たポスターのアイドルぐらいだろうか。

カタログの写真よりもその年号や記事に驚いていると、加奈子ちゃんは不思議そうに、今の日本を説明してくれた。

十九年……そう考えると、あの世界にそのぐらいいたような気がしてならない。師匠のしごきは十年以上続いたことになるが、出来の悪い俺が何かを成すには、その程度の時間が必要だったのだろう。俺が二十歳ぐらいにしか見えないのは、不老不死と呼ばれる龍王《キング》の血を浴び過ぎたせいか、師匠のしごきや魔族軍との戦いで回復魔法を受け続けたせいか……心当たりがありすぎて、もう、何とも言えない。

回復するたびになぜか容姿が変わる気がしたから、師匠に聞くと、「回復術はその者の内面を反映するからな。心が美しく精神が強ければ、それが身体に現れる」そんなことを話してくれたっけ。て、ことは……俺の心がまだガキってことだろう。

三十四歳のガキって、ある意味痛い存在だな。

加奈子ちゃんは不思議そうに俺の顔を眺めることはあったが、特に質問はしてこなかった。だから俺から話題を振ってみる。

「その仲良かった人って、今はどうしてるのですか」

「もう随分前にいなくなって。捜索願とか、失踪届とか、だったかな……そんなのが成立したとかで、書類上はもう死亡扱いだって。そんな話を、ご家族から聞いたことがあるわ」

ロングのふわりとした髪をかき上げ、少し悲しそうに微笑む。そのしぐさが妙に色っぽくって、思わずたじろいでしまったが……。

「――じゃあ、その人の家族は？」

「皆元気よ、むしろ彼がいなくなってホッとしたみたい」

喜ぶべきか悲しむべきか、微妙なラインだ。家族が辛《つら》い思いをしていないなら、今は素直に喜ぼう。突然訪ねなくって本当に良かった。

しかしこの後の身の振りがいよいよ問題になる。そーかー、もう戸籍も無いのか。

俺と同い年の加奈子ちゃんも三十四歳のはずだが、お肌もピチピチで若々しく、二十四歳だと言われても信じたかもしれない。

大きな瞳には強い意志が感じられ、どこか人目を惹く魔力のような物を感じる。魅了《チャーム》を使う魔女やサキュバスも同じような瞳を持っていたが……加奈子ちゃんの瞳の奥には、聖女と同じ慈悲の灯火が揺れている。小・中学時代ずっとクラスのアイドルだった加奈子ちゃんの変わらぬ笑みは、俺の心の中の何かをギュッと鷲《わし》づかみにし、同時に優しく暖かく包み込む。

そう、俺は何度この瞳に癒やされてきたのだろう。


「念のため、サイズを測ってもいいかしら」

加奈子ちゃんが小さなメジャーをもって俺に近付いてきた。

「スラックスはそのままでも目立たないと思いますから、それに合うシャツとジャケットを選びましょう」

そう言いながらメジャーを俺の首や腕に当てる。時折チラチラと俺の顔を見ては、ため息をついたり小さく首を振ったりした。

年齢が違い過ぎるし顔も多少変わってるから、俺だってことはバレないだろう。旦那さんもいて可愛い娘もいて、幸せに暮らしてるのなら……やはり俺は、退散しよう。

今更死んだ人間が現れたら、加奈子ちゃんだってきっと迷惑だ。それに体勢を変えるたびに揺れる二つの膨らみは、あまりにも凶悪すぎる。

ピッタリとしたニットから自己主張の強すぎる大きな胸の形がよく解ったし、短いタイトスカートから伸びるストッキング越しの太ももは、俺の脳天を揺さぶった。

胸元からのぞく深すぎる谷間は、前の世界で師匠に叩き落された「死の谷」より深そうだ。

「じゃあこの服とこれを倉庫から取ってくるから、少し待ってね」

一緒に選んだシャツとジャケットのメモをもって、加奈子ちゃんが席を立つと、遠くから俺をチラ見していた例の少女が恐々と近付いてくる。

その足取りは恐れと好奇心に葛藤する、子猫のようだった。最後に加奈子ちゃんの愛娘《まなむすめ》と話をするぐらいの褒美があっても、良いかもしれない。俺が怖くないよと笑顔を向けると、大きな瞳を瞬かせ、キョロキョロと左右を確認してから走り寄ってくる。

「ねえ、イケメンのお兄さん。ひょっとしてモデルとか声優とかですか？」

この変な恰好《かっこう》から何かを想像したのだろう。たしかに役者が何かのイベントの帰りに寄ったとすれば、つじつまが合いそうだ。

しかしイケメンってなんだ？

「違うよ、ただ……」

加奈子ちゃんの話だと俺は死んだことになっている。なら、素性を隠さなきゃいけなさそうだし、この容姿じゃあ本当のことを話しても、年齢が合わなくて余計怪しまれる。

「日本じゃない場所に長くいただけだ」

嘘はつきたくなかったし、肝心なことをぼかして何とか言い逃れようとすると「外国にいたんですか、じゃあ、母とはどんな関係？」と、グイグイ迫ってきた。

もう可愛らしい大きな瞳がキラキラだ。高校時代の加奈子ちゃんを知らないけど、きっとこんな感じだったんだろう。

ストレートの肩までの髪と、ひざ下まであるスカートは真面目な高校生を連想させたが……ブレザーの胸を内側から押し上げる二つの膨らみは、どこか加奈子ちゃんと同じ凶悪さを感じる。

遺伝ってやつだろうか？

くるくると変わる表情も愛らしく、この子もきっとクラスのアイドルと呼ばれている気がする。

「アイドルって……」

俺がそんなことを考えてたら、まるで俺の心を読んだかのようにクスリと笑ったが……聞き間違いだろうか？　念のため目に魔力を込めて、サーチ魔法を展開すると、

「身長１６６センチ、ヒップ76、ウエスト56、バスト90のＥカップ」

そんな魅惑のデータが表示される。

相変わらず俺の魔法はキレキレだが、肝心なものが見つからない。やはりどこかで、微調整が必要そうだ。

気になるのは、その瞳の奥で揺らいだものが加奈子ちゃんとは違う……それも異世界で感じたことがある、何かだったが……うん、さすがにそれは無いだろう。

異世界でも心を読み取れる瞳の能力者は稀《まれ》で、一部の限られた超高位能力者だけだ。

きっと、まだこの世界に慣れていないだけだろう。

俺は小さく首を横に振る。

「昔この辺りに住んでてて、親父が常連でこの店を気に入ってて……連れてこられたときに、加奈子さんに相手をしてもらって……」

事実を話しながら、できるだけ核心を避けるように話をはぐらかしていると
「麻也《まや》、お客さんが困ってるでしょ、その辺で止《や》めときなさい」

ニコニコと微笑む加奈子ちゃんが、商品をもって戻ってきてくれた。

「全部で一万二千円だけど、今日は半額セールの日だから六千円で良いわ」

「嘘、うちでそんなセールしてない」

「良いの、今お母さんが決めたんだから」

「えー、イケメンだからってズルい。あたしのバイト代も倍にしてよ」

笑いあう二人は仲が良さそうで、見ていた俺もついつい笑みが漏れる。

きっと知り合いの幸せを間近で感じられたのと、日本に帰ってきた実感がわいたからだろう。既に十九年経過していたことや、自分の家族の状態はシビアだが……まあ、魔法もなんとか使えそうだし、こっそり生きて行くことぐらい何とでもなるだろう。

俺は師匠がいつか言っていた「小さく尊い幸せ」を探すために、この世界に戻ったのだから。

「助かります。持ち合わせが少なくて、お言葉に甘えていいですか」

このまま立ち去ろうと、この世界で使っていた財布のマジックテープをビリビリと開けると、

「もう……まだその財布使ってたの？」

加奈子ちゃんは大きな瞳に涙をため、渡した札を確認するように眺めた。

慌てて財布をローブに隠し「何のことですか？」と、とぼけながら頬を掻くと、

「夏目漱石《そうせき》には久々にお会いしたけど、もうそれ以上よね。言い訳するときに頬を掻く癖も直ってない」

加奈子ちゃんは困ったように首をかしげる。

「えーっと……」

「逢《あ》いたかった」

そして微笑みながら、涙をポロリと床に落とす。すると、不意に店を出ようとしていた俺の足も止まってしまう。どうやら俺は、死の谷より深い何かに落ちてしまったようだ。

――だがきっと、彼女の前に今俺がいることは良くないことだ。俺はその涙を見なかったふりをして、なんとか止まった足にムチを打つ。

「麻也！」

立ち去ろうとした俺に加奈子ちゃんが叫ぶ。

「OK、ママ！」

後ろに座ってた麻也ちゃんが立ち上がると同時に、店先まで出ていた俺にバーンと抱き着いてきた。背中に大きな二つの膨らみの感触があり、その衝撃に身動きが取れなくなると、

「ナイスディフェンス」

今度は加奈子ちゃんがボヨーンと、大きな胸をぶつけるように正面から抱き着いてきた。

都合、四つの膨らみに挟まれてしまう。このおっぱいディフェンスは、さすがの大賢者も振り払うことが不可能だった。——主に精神的な理由で。

俺が降参の意を伝えるべく両手を上げると、「麻也はあたしと一緒でバスケ部なの、しかも強豪校でレギュラーよ」と、抱き着いたまま顔を上げて、いたずらっ子のようにペロリと舌を出す。

なんかもう、いろいろエロいんですが。

「バスケならファールだろ、これ」

「男女差があるから、これぐらいのハンディは許されるでしょ。けどタツヤ君……身長伸びたよね」

まだ涙の残る瞳で、俺の名前を呼ぶ。

加奈子ちゃんの身長は中学時代で一六〇センチ台後半だったから、目線はそれほど変わらなかったけど、今は頭一つ俺の方が高い。

「お兄さん、一八〇超えてる？」

加奈子ちゃんのエロすぎる表情に吸い込まれていたら、後ろから麻也ちゃんが、何かを探るように俺の脚や太ももをサワサワと触りだした。

「いや、そこまでは多分ないと思う」

履いているブーツの高さを入れると、微妙に超えるかもしれないが。

「鍛えてますよね、良い筋肉です」

しかもグイグイおっぱいを擦《こす》り付けながら、鼻息も荒くなって行く。

「麻也、もう良いから離れなさい」

「ママこそ離れたら？　お兄さん、なんか困ってる感じだし」

「大人の事情があるのよ」

「そーゆーのは、子供の居ない所でやって」

そして二人は、俺に抱き着いたまま親子喧嘩《げんか》を始めてしまった。

もうこれ、喜んでいいのか楽しんでいいのか……分からない。

×　×　×　×　×

何とかおっぱいディフェンスから解放されると、

「どうせ行く所ないんでしょ」

俺は両腕をつかまれ、二人がかりでダイニング・キッチンに連行された。

「まってて、今準備するから」

加奈子ちゃんがどこか嬉しそうだったので、上手く断れない。俺が通された席に座ると、加奈子ちゃんと麻也ちゃんがエプロンを着けて夕食の準備を始める。

「他の人は？」

「お父さんとお母さんは、スローライフだなんだって言って、山向こうの温泉稲荷《いなり》の宮司さんの紹介で、古民家譲ってもらって、畑仕事しながらのんびり暮らしてる。えーっと、旦那は……」

「パパはあたしが二歳の頃に死んじゃって、思い出すらないよー」

テーブルを拭きに来た麻也ちゃんが元気よく叫ぶと、加奈子ちゃんが玉ねぎをむきながら、苦笑いした。

「その子はあたしが十九の時の子なの、大学在学中に講師だった旦那とデキちゃった婚よ。元々しおれた感じの人だったけど、結婚してすぐ病死なんて、酷《ひど》すぎると思わない？　で、あたしの父さんと母さんがこの子の面倒見てくれるからって、実家に帰ってきたけど」

加奈子ちゃんの話し方は、苦労を既に乗り越えた感じで、どこか明るかったから、少しだけ安心する。

「麻也はとっても手のかからない良い子ですから、ジジとババは山へ柴刈《しばか》りに行きましたとさっ」

食器を並べに来た麻也ちゃんが、俺の顔をのぞき込んで微笑む。

その瞳の奥で揺れた『何か』に俺が答えてみると、麻也ちゃんは更に目を見開いて一歩下がった。

――もうこれは、間違いないだろう。

驚かせたのは悪かったが、不用意に心をのぞき込むのは、いくら何でもマナー違反だ。

「こら！」

まあその後、加奈子ちゃんにお玉で殴られていたが。

俺がそんな仲睦《なかむつ》まじい親子を眺めていたら、

「あつ、親子丼って好きですか？　幅広い意味で」

その目線に気付いた麻也ちゃんが、ニヤニヤしながら聞いてくる。やはり瞳の奥の揺らぎは変わらない。

俺が注意しようとしたら「ゴン」と、顔を真っ赤にした加奈子ちゃんに鍋の底で殴られていた。

――結構いい音がしたから、怪我がないか心配だ。

夕飯は本当に親子丼だった。これって何かの謎かけだろうか？　美味《おい》しさに感動しながら、ちょっとだけ、幅広い意味で胸がドキドキした。

「でね、駅前の商店街はすたれる一方よ。うちは中高の制服を扱ってるから、今は何とかなってるけど、先は分かんないわね」

加奈子ちゃんは食後に地酒の焼酎を取り出し、お湯割りで呑《の》み始める。娘の麻也ちゃんは宿題があるとかで、席を外した。

久々に日本の食事を満喫した俺も、ついつい嬉しくって、彼女の晩酌のお供をする。焼酎を飲むのは初めてだったが、向こうの世界で飲んだ『火酒』とよく似た味で、とても美味しい。

加奈子ちゃんが酒の肴《さかな》で用意してくれた『朴葉味噌《ほおばみそ》』や『赤かぶ漬』も懐かし過ぎて、涙が出そうだ。これだけで、昔はご飯三杯、余裕でいけたからな。

「例のウイルスのせいで、観光関係はどこもズタボロよ。それに温暖化のせいか、集中豪雨とかも続いて、ここのところ浸水被害や土砂崩れも多かったし。山向こうの温泉街も、旅館の倒産が続いて閑古鳥が鳴いてるしね。こっちなんか、夏の徹夜踊りぐらいしか売りのない観光地だから、もっと悲惨よ、今年こそ開催までもってきたいけど……。まあ、これぱっかりは……」

加奈子ちゃんは酔っぱらいながら、今の日本の現状や街の情報や、共通の知り合いの近況とかを教えてくれた。それにしても未知のウイルスのパンデミックとか、異常気象による天災とか。俺がいない間に、世紀末が近づいてしまっているようだ。

しかも加奈子ちゃんの話を聞けば聞くほど、この世界の状況は、どこか異世界と似ている。

ウイルスのパンデミックを魔族軍の侵攻と置き換え、異常気象を師匠が気にしていた『魔力異常による災害』と置き換えると、状況は瓜二《うりふた》つだ。

魔法文化と科学文化の違いはあったが、あの異世界は、この世界とあまりにも酷似している。やはり、俺が子供の頃に読んだSF小説によくあった、『並行宇宙《パラレルワールド》』のように、関係性の高い世界なのかもしれない。そうなると……。

「やはり世紀末なのかな」

「なにそれ？　今時、少年マンガでも、そんなのはやんないわよ」

「うーん。しかし俺の師匠が、そんな事を気にしていたんだ」

「まさかこっちにいない間に、世紀末覇者さんから、一子相伝の怪しい拳法でも伝授されたの？」

一子相伝ではないが、ある意味覇者でもある師匠の技を受け継いだのは、俺ひとりだ。そうなると、あながち間違っていないような。

「拳法じゃないけどね」

「そ、そう。良かった……」

俺が腕を組んで悩み込んでいると、

「ま、まあ……そんな難しい顔しないで、とりあえず呑みなさい」

加奈子ちゃんは昔のような優しい微笑みをたたえ、酒を勧めた。会話も、無理に俺の過去を詮索しない優しさがあり、それが胸に刺さる。

下手に俺の過去を話して、迷惑をかけるのも避けたかったし……そもそも、信じてもらえるかどうかも自信がない。麻也ちゃんのことは気がかりだが、やはりお礼を置いて退散しようかどうか悩んでいると……。

聞き逃せない話題のせいで、その思考が止まった。

「リュウキが地上げ屋？」

はて、俺の弟は何をやってるんだ。

「今はそんなふうに呼ばないかな……でもまあ似たようなものね。外資系の複合企業とか何とか言ってるけど、手口は同じだから」

加奈子ちゃんの話によると、潰れた温泉旅館を買い上げ、この商店街の閉鎖した店も、安く買いたたき、温泉レジャー施設やマンションとして販売する計画を立てているそうだ。

そして、そこの営業主任が……俺の弟のリュウキだという。

「夜になるとね、この辺に変な輩《やから》が徘徊《はいかい》するのよ。麻也ももう年頃だし、この家には女しかいないから。タツヤ君が良ければ、いてくれると嬉しい」

「しかし、女性二人の家に、得体のしれない男が一緒じゃ」

「まあたしかに謎だらけだけど、全然昔と変わってないから安心したわよ。それに麻也も気に入ってるみたいだし。あれであの子、人見知りというか……まあ人を見る目は昔からあるのよ。リュウキが初めて家に来た時は、会話する前にバケツの水を浴びせてたから」

たしかにそれは、人見知りとは言わないかもしれない。

「だいたいね、リュウキみたいな昔っからの嫌われ者しか、地元に残んないってのは、何でだろ」

ハイペースで杯を空ける加奈子ちゃんを心配すると、

「あんたも、もっと呑みなさい」

俺のグラスにも、なみなみと酒を注いでくる。もう焼酎も追加のウイスキーもなくなり、新しく出された酒は、バルカンと書かれたウオッカだった。ラベルを再確認すると、アルコール度数が八〇を超えている。……これって、ストレートで、こんな呑み方するものなのだろうか?

しかし口を付けると素朴な味わいが広がり、なかなか美味しかったので、ついついグラスの半分ほどを飲み干してしまう。

「ス、テ、キ♡　さすが世紀末覇者様」

加奈子ちゃんはそんな俺を見て、瞳をキラキラと輝かせて喜んでいるから……どうやら、呑み方は間違っていないらしい。

「しかし、リュウキはモテていただろう」

サッカー部でも、追っかけの女の子達がキャーキャー言ってた記憶がある。

「はあ？　まあ、見てくれや成績や運動神経で騒ぐバカ女にはね。けーど、男ってそこじゃないでしょー」

徐々にろれつが回らなくなってきた加奈子ちゃんが、俺を睨んだ。

「そうかもしれないが、そういうのは大人になってからの価値観じゃないのか」

「子供だってバカばかりじゃないわよ、本当に優しくて強い男を見極められる子は、何人かいたわ。亜由美の事はおぼえてる？　あの娘なんて、タツヤ君がいなくなったとき、本当に沈んじゃって」

たしかその娘は、小中と加奈子ちゃんと人気を二分した、派手目の女子グループのリーダーだ。思い返しても、そんなに交流はなかったような気がするが……。

俺が首を傾《かし》げながらグラスを持つと、

「だーかーらぁ、中学に入ってタツヤが目立たなくなってからもー、もうホンットに、大変だったのよー。競争率激しくってー」

加奈子ちゃんは俺を指さして、口を尖《とが》らせる。なんだかもう、言ってる意味も解らない。

「何の話だ?」

「あたしのー、初恋とか、中学時代の苦労話よ。有難くごせいちょーしなさい」

そして加奈子ちゃんの謎の恋バナが始まり……。やがて、グラスを握りしめたままテーブルに伏せて、可愛らしい寝息を奏で始めた。

周囲には、空になった焼酎の一升瓶や、途中で追加されたウイスキーや、例のウオッカのボトルなどが散乱している。

俺は師匠のしごきのせいで、毒物や異物が感知されると勝手に分解する身体になってしまったから、深酔いすることはないが、加奈子ちゃんにはハイペースだったのだろう。念のため魔法でチェックしたが、ただのほろ酔いで、急性アルコール中毒の心配はなかった。

「ママ寝ちゃった? なら運ぶの手伝ってくれない」

俺がどうしたら良いか悩んでいたら、下着みたいなぴっちりしたシャツに、脚の付け根まで露出してる短パンをはいた麻也ちゃんが、リビングのドアをそっと開けた。

「あっコレ下着じゃなくって、キャミソールって言って、ちゃんとした服ですー」

俺の目を見た麻也ちゃんが頰を膨らましたが……。

キャミソールってたしか下着のことだし、見た感じもそうとしか思えない。しかも胸元が大胆に開きすぎてて谷間がアレでソレだし、健康的な長い手脚も全開だ。

そっちから目をそらしても、すやすやと眠る加奈子ちゃんも……いろいろボヨンボヨンしていて、どこに視線を向けたら良いのか分からない。

もう左肩はニットがズレ落ちて、見ちゃいけない場所がはみ出ちゃってて、わっしょいわっしょいだ。

「これ触っても良いの？」

「好きな所を好きなだけ、ドーンといっちゃってください」

娘の了解を得たので、お姫様抱っこすると、

「むー、何だかすこーし、損した感じ」

そう言いながら、麻也ちゃんが頬を膨らませた。

やはり母を知らない男に触らせたくないのだろうか。

麻也ちゃんに案内してもらって、加奈子ちゃんを寝室のベッドに寝かすと、「きっと、寝ちゃったことを後悔するわ」と、悪戯っぽく口に手を当て、とても楽しそうに微笑む。

「どうして？」

「ママとってもお酒が強くて、呑み負けることなんてまず無いのよ。近所じゃ『八幡《はちまん》のウワバミ』の異名で恐れられてるぐらい。きっとお兄さんを、先に酔わせるつもりだったんじゃないかな」

なんだ？　その二つ名は、凄くカッコ良い。

だがその思考回路は、まるで夜盗のようだ……追いはぎでもする気だったのだろうか？　加奈子ちゃんの考えが、ちょっと良く分からない。

俺が苦笑いすると「ねえ、お兄さんて……バカなの？」と、麻也ちゃんが楽しそうに笑う。

――そして俺の顔を、その瞳でのぞき込んできた。この世界の魔力環境にも馴染《なじ》んできたため、俺の身体を包んでいる自動防御がパチリと音を立てる。加奈子ちゃんが寝たせいか、麻也ちゃんは隠そうともせずあからさまに狙って来た。


さてさて、これでまたやらなくちゃいけないことが増えてしまったようだ。

この世界に戻ったら、まずこっそり暮らすための準備をするつもりだったが、加奈子ちゃんの話や、この親子の瞳の奥のゆらぎを見ると、どうやら放ってはおけない状況のようだ。加奈子ちゃんがいなければ俺の子供時代はもっと灰色で、この世界に帰ろうとも思わなかっただろう。いや、ひょっとしたら女神に逢《あ》う前に死んでいたかもしれない。

やはり返せる恩は返せるときに何とかするべきだ。それに弟のリュウキの件も気になるし、さっきからこの場所に集まる魔力の歪みが気になって仕方がない。

「まあ、命の奪い合いをするほどの事はないだろう」

こっそり暮らす準備はその後からでもできる。俺はのんきに構えながら……まず、どこから手を付けるべきか悩んでいたら、麻也ちゃんが、

「こっち来て」

と、例の瞳を輝かせながら俺の手を引く。

――そうなると、優先順位の一番はこの子になりそうだな。

×　×　×　×　×

「あたしが高校に入るまでお祖父《じい》ちゃんたちが使ってた部屋だから、まだ物がいっぱいあるけど自由に使って。着替えとかも……ちょっとサイズ合わないかもだけど、タンスの中のやつはちゃんと洗濯してあるし」

次に案内されたのは、二階にある、子供の頃何度も遊びに来たおじさんの部屋だった。

十二畳の広々とした和室の中央には木製のローテーブルがあり、その上には懐かしいチェスボードが置いてある。ローテーブルの横には真新しい布団が敷いてある。

「麻也ちゃんが？」

「ママあれで抜けたとこあるし、こうなるだろうと思って」

「ありがとう」

「へへ、他に何か必要なものある？　あ、た、し、の、身体以外で」

麻也ちゃんは腰に手を当てて身体をくねらした。

バスケで鍛えた身体はスラリとしていて、大きな胸が異様に目立った。なんかもういろいろとボヨンボヨンと揺れてるし、風呂上がりの香りと、まだ少し濡《ぬ》れている髪のせいか、その仕草はふざけていても背徳感が半端ない。

「お言葉に甘えて、麻也ちゃんの教科書を貸してくれないかな。後はいいよ」

「そーですか」

少し残念そうに肩を落とすと「でも教科書なんか、どうするんですか？」と、可愛らしく小首をかしげる。ころころと変わる態度や表情は、やっぱり小動物みたいだ。

「久々の日本だから、事情を知りたい」

「社会系のやつ？」

「できれば全教科」

文化や技術の変化、数学等の科学理論の進化。そういったものを知るのにはとっておきの書物が教科書だ。それに進行しつつある世紀末の状態も気になる。どこまで一般情報として周知されているかも、重要なポイントだろう。

「ＯＫ！　それじゃあここ最近の新聞もプラスして、贈呈しましょう。でもかさばるし重いから手伝って」

「ありがとう、教科書を廊下に出しといてくれれば後は俺がやるよ。明日の朝までには元の場所に戻しとく」

「それじゃあ、リビングの奥に古新聞入れがあるから勝手に読みたいのをもってってって。あと、お風呂よかったら使って。今なら現役ＪＫの入りたて残り湯が味わえて、お母さんと脱衣所でばったりとかの、ラッキースケベとかも望めるかもしれないゴールデンタイムだから。急いだほうがいいかもです！」

ＪＫってなんだ？　俺がふとそう考えたら、

「ＪＫって、女子高生の略語でーす！」

また俺の瞳をのぞき込み、「ははは〜、じゃあ、ごゆっくりー」と、楽しそうに手を振って、部屋を出て行った。――誘惑しながら何かに誘導したつもりなのか、素なのか。

麻也ちゃんの小ぶりで引き締まったお尻を見送りながら、部屋の四隅に仕込まれた呪物や、布団から感じる魔力の違和感に、俺は深いため息をついた。

いろいろ悩んだが、いつものように浄化魔法で身体を清めると、収納魔法に入れておいた野営用の服に着替える。

これなら、ゆったりとしていてそのまま寝ることもできるし、不意の敵襲にも対応できる。

「明日は温泉まで足を延ばしてみるか」

せっかくだから風呂に入りたかったが、本当にラッキースケベがあったら困る。来るものは拒まないストロングスタイルを心情としているが……俺の忍耐が、あの加奈子ちゃんの色気に勝てるかどうか、今ひとつ自信がない。

それにやらなきゃいけないことも、山積していた。

俺は収納魔法からチェスの駒の形に加工した魔法石を三つ取り出し、そいつを指で弾《はじ》く。すると歩兵《ポーン》の駒が空中で、同じような顔の魔導人形に変形した。

これは師匠が俺に魔術の手ほどきをする際「自分の得意な理論構築方法を具現化して、魔道具として利用するのもひとつの手じゃ」と勧めてくれたのをきっかけに、作り上げたものだ。

その時俺は迷わずチェスを選んだ。そして修行で得たダンジョンの秘宝や、討伐した伝説の魔物から取り出した生命の石を加工して駒を作成した。

大駒である龍王《キング》と闇の女王《クイーン》は、親友でもあり相棒でもある「古《いにしえ》の龍《りゅう》の王」や「伝説の魔女、闇の女王」が力を貸してくれた。そして、全ての駒が完成すると、なんとか自分の魔力制御が可能となった。

「この駒が、この世界でも問題なく使えるってことは……」

魔力がこの世界にもあり、異世界と同等の『大いなる意志』が存在することの証明にもなる。

と、なると。いよいよ加奈子ちゃんに再会する前に現れた、二つの声の正体が気になるが……。

空中で命令を待つようにフヨフヨ漂っていた美少女人形を、ボーっと眺めていたら、

「大丈夫？」「おなか痛いの？」「元気が出る、お歌を歌いましょうか？」

心配そうに、歩兵《ポーン》たちが顔をのぞき込んできた。

師匠の話では龍王《キング》と闇の女王《クイーン》以外の駒は、魔力石や伝説の魔道具を使用して作成したから、形態上意思は存在しないはずらしい。

「まったくお前は、いつも想像の斜め上というか……かなり斜め下を暴走する」

だから、俺が駒たちと会話するたびに頭を抱えていた。

「ありがとう、心配ないよ」

きっと深刻な顔をしてたのだろう、俺が笑い返すと安心したのか、楽しそうに部屋の中を飛びま

わり始める。

「招かれざる客が来そうだ。部屋の外にひとり、この建物の前に二人、警備に回ってくれ」

「あい」「あい」「さー」

その盾と短剣を持った手のひらサイズの美少女人形は、三体揃《そろ》って俺に向かって敬礼した。

俺は歩兵《ポーン》が警備に付いたのを確認し、用意された布団にわざと寝転がる。

虎穴に入らざれば虎子を得ず、だ。それに麻也ちゃんの実力も知りたいから、ちょうど良いかもしれない。

剣と魔法の異世界で歴代二人目となる大賢者の称号を得て、魔王も討伐した。だから日本に戻れば後はイージーオペレーションだと思っていたが……。

「師匠は『大賢者たるもの、石橋を叩いて壊す腕力と、その後谷を飛び越える脚力と慎重さがなければならん』って、言ってたっけ」

どんだけだよって思ったが、たしかに……まだまだ俺は甘いようだ。

そもそも魔法の概念はフィクションとは言え、この世界にもあるわけだし、魔法だけじゃなくてSFならエスパーとかサイボーグとか、オカルトなら幽霊とか妖怪なんてものもあった。

教科書や新聞を空中でめくりながら、複数の書物を同時進行で読んでいたら、歩兵《ポーン》のひとりが「きゃーん」と悲鳴を上げて無力化された。

俺の持つ最弱の駒だが、一撃で無力化できるのは魔族軍なら上官クラスの実力だ。少しワクワク

しながら扉へ目を向けると、

「いったーい、なにこれ」

そんな麻也ちゃんの声が聞こえてきた。

「のぞいてないで、ちゃんとノックしてくれれば痛い目にはあわなかったよ」

すると部屋のドアをそっと開けて「うわっ、凄い！」と、部屋に舞う教科書や新聞を見て嬉しそうに目を輝かせ、頭上にある狐《きつね》のような耳をピコピコさせた。

「何者なんだ、お前」

俺があきれてため息をつくと、

「ママの面倒を見てます、妖狐《ようこ》です。ああ、ちゃんと血はつながってまして、死んだ父が妖怪でした」と、照れたように頭をポリポリと掻きながら、キャミソールに包まれた大きな胸と、可愛らしいシッポを揺らす。

やはり、この世界も侮れない。

——巨乳モフモフ美少女なんて、俺の超ストライク・ゾーンじゃないか。

××××××

麻也ちゃんの話によれば……。

「気付いてると思うけど、ママの目には特殊な力があって」

どうやら加奈子ちゃんは『退魔士』と呼ばれた一族の末裔《まつえい》らしく、数代にひとり能力が開花する家系のようで、

「パパはその能力が妖狐に危害を加えないように見張る、監視役だったの」

加奈子ちゃんは、力は持っていたが使用する術を持っていなかったそうだ。

「で、二人は恋に落ちちゃって」

妖狐一族の反対を押し切って結婚したまでは良かったが、別の退魔士に見つかり命を落としてしまう。生まれた麻也ちゃんと加奈子ちゃんを守るため、叔母に当たる妖狐が秘密を隠したまま誘導し、自分のテリトリーであるこの地に引っ越させたが……。

「最近変なマフィアと共にその退魔士がこの辺りをうろついてて、ひょっとしてお兄さんもそうなのかなって」

心配して、麻也ちゃんは探りを入れていたようだ。

「でもあたしの能力で心をのぞいても、本心までは読めないし。技の系統もあいつら退魔士と違ってるし。もうここは素直に聞いちゃおうかなって」

そう言ってアゴに指をあてて、可愛らしく小首をかしげる。まったく、同時に揺れた耳を見るべきか胸を見るべきか、なかなか判断が難しい。

「ちゃんと話すつもりだったけど」

俺は寝返りを打ちながら、ため息をついた。

問題は信じてもらえるかどうかだ。同じファンタジーでも、毛色が違い過ぎて余計嘘くさく感じそうだからな。

「けど、何ですか？　素直に話してくれないかなあ、あたしは包み隠さず話したんだから……まあ、あの退魔士連中なら、もう知ってる情報だけどさ」

麻也ちゃんがパチンと指を鳴らすと、部屋の四隅に隠してあった『物』が展開して、見知らぬ魔法陣のようなものが発動した。

ついでに寝ていた布団の下からも、魔力のようなものが出てくる。

術式の形態が違い過ぎてよく理解できないが、これを麻也ちゃんが書いたのならセンスがある。目に見える魔法陣の端々に光るものがあるし、布団の下にあるだろう、もうひとつの魔法陣との連携も悪くない。

俺の魔力を失ってパラパラと落ちて行く教科書や新聞の合間を縫って、麻也ちゃんが近付き「これは稲荷様の御神体で、お兄さんの式神を切ったものです。そこらの妖刀とはキレ味が違いますから」と、背中から刃渡り三十センチほどの刀を取り出した。

「ママの知り合いを装ってるみたいだけど、佳死津《かしづ》一門が放った、雇われ刺客か何かですか？　それとも契約を迫る下神《しもがみ》一派の陰陽師《おんみょうじ》ですか」

そして俺の首筋に刀を当てて、顔を近付けて瞳をのぞき込む。大きな瞳が明るく輝き、魔力が向上する。あまりの近さに、もうまつ毛の数まで数えられそうだ。

プルンプルンでピンクの唇もセクシーだけど、

「しゃべらなくてもいいですよー、質問の度にあたしが心を読みますから」

——このままの状況は良くないかもしれない。

御神体の刀とやらは、俺の歩兵《ポーン》を切ったせいか、朽ち始めてるし……その歩兵《ポーン》は再生完了して、空中でフヨフヨと漂いながら不敵な笑みをもらし、麻也ちゃんの後ろで短剣を振り上げている。

きっと攻撃を受けたせいで、麻也ちゃんを敵認識したのだろう。

「やめろ！」

俺が歩兵《ポーン》に命令すると「嫌ですよー、この結界は鬼封じの石を使って組みましたから、そこらの退魔士や野良の陰陽師じゃあ解けっこないです。もう、あなたはあたしに心の底まで読まれて、指一本動かせないまま、無残に能力を奪われるしかありません」と、麻也ちゃんは嬉しそうに笑ったが……。

攻撃停止した歩兵《ポーン》が俺の手元に戻ると「その式神は切ったはず」と叫びながら、刀を歩兵《ポーン》に向けようとして、初めて手元の異変に気付いてくれた。

「そんな、妖狐族に伝わる宝具が」

やっと身体が離れたので俺が起き上がると、今度は布団の下と部屋に展開していた魔法陣がバチバチと音を立てて霧散してしまう。

——うん、そこまで貧弱だとは思いもよらなかった。

「悪い、壊すつもりはなかったんだ」

「お、お、鬼封じの石まで」

まだこの世界の法則に慣れていないから、やっぱり不測の事態が起きてしまう。折れて朽ち果てた刀を握りしめ、下着のような姿で震える巨乳モフモフ美少女を見ながら……。

「もうこの絵面は、誰がどう見ても俺が悪人だよなあ」

やるせなくなり、俺は首をゆっくりと左右に振った。


「あ、あたしを犯してママを殺そうとしても無駄。そんなことしたらあなたのした、いを嚙《か》み切るよ」

誤解が超加速度的に進行している。しかもちょっと言ってる意味が分からない。

舌？　下？　それに慣用句的には、嚙むのは自分の舌じゃないだろうか？

おびえながらなぜか、俺の下半身をチラ見する麻也ちゃんをどうしたら良いか分からなくなり、ため息をつくと、

「それにヤレヤレ系男って、今時深夜アニメでも流行《はや》らないわ。掲示板とかで、いっぱい草が生えるから」

もう、日本語的にも分からなくなってきた。どうやら車は空を飛ばなかったが、言葉の進化は凄《すさ》まじいようだ。

「敵意は無いよ、だから舌を嚙まないでね」

「舌じゃなくて、嚙み切るのはお粗末なあなたのナニよ」

そんなサーチ能力が……現代日本の異能は侮れない。まったく魔力が感知できなかったのに。い

や、俺のナニはお粗末じゃない。

——多分、きっと。

俺は何とか微笑みかけながら、麻也ちゃんに近付いて朽ち果てた刀に触れる。敵アイテムのスキャンも自動術式に加えていたから、そこから情報を引き出す。

術式は初めて見るものだったが、根本的な理論は同じだった。

「僧兵《ビショップ》」

チェスの駒の魔法石を取り出して指ではじくと、僧侶姿の美少女が現れて優しく微笑む。

「悪いが、しばらくこの刀を守ってくれ」

その手のひらサイズの僧侶はコクコクと頷くと、朽ちかけた刀に吸い込まれていった。

俺は補修を試みながら、折れて欠けた部分や魔力が枯渇した箇所を適当に作り直す。

「え、うそっ、戻ったの？」

作業を終えると、麻也ちゃんが大きく口を開けた。ちょっとバカっぽくて可愛いから、いろいろと許したくなる。

「これで大丈夫じゃないかな」

僧兵《ビショップ》はちょっと大盤振る舞いだったのか、刀の輝きがスキャン・データより高くなってたけど、黙っていれば問題ないだろう。

「そんな、まさかこれは神威創造《しんいそうぞう》？　宝具の霊格が上がって、キズひとつなく新造されたみたい……」

麻也ちゃんは刀を手に取ると、瞳に魔力のようなものを込める。すると微弱だけど『鑑定スキル』や『読心スキル』に近い術式が発動した。

それが妖狐のスキルなのか、加奈子ちゃんの遺伝なのかまだ判断ができないけど、どうやらインチキはバレてしまったようだ。しかし瞳で情報を読み取れるなら誤解を解く方法はある。

「ちゃんと事情を説明するから、俺の瞳を見てくれ」

「へ、変なところは見せないでよ」

麻也ちゃんの瞳の奥には、何かを期待するような光があった。

震えながら俺の下半身から目を離し、瞳を合わせてきたが……また、チラチラと下半身にも視線が移る。

——ナニじゃなくて、観たいのは事情の方だよね？

どちらをオープンにするべきか悩んだが、俺は目を通じて思念で、異世界転移して戻ってきた『記憶』をダイジェストで伝えた。

「そ、そんな中二病的展開が……でもこれ、嘘じゃないし」

しばらくの間があり、麻也ちゃんは凄く残念そうな表情でため息をつく。やはりオープンにする場所を間違えたのだろうか？

それに中二病って？　どんな疾患なのだろう。

「イケメンの陰キャラって、最悪かな。美味しいカレー味の×××みたいで。んー、この場合は逆なんだろうか？」

「印《いん》キャラ？」

カレーだけに？

「お兄さんなんか陰があるから、カースト低そうだし」

「カーストって、インドの身分制度？」

俺の質問に、麻也ちゃんは首をかしげる。

さっき読んだ教科書や新聞では、インドの世界進出が話題になっていたが、そんなことまで日本に浸透していたのか……。

「普通に美味しいカレーじゃダメなのか？」

「それだと、なんかちょっとムカつくの」

俺が悩みこむと、麻也ちゃんはやれやれといった感じで首を振る。ヤレヤレ系は流行らないのじゃないのか？

もういろいろと意味不明だし、凄くバカにされたような気がするが……おびえるような態度からリラックスした態度に変わったことに、とりあえず俺は胸をなでおろした。


「あいつらの狙いはきっと、あたしじゃなくてママの『瞳』なの。どうかママを助けてください」

そう言いながら麻也ちゃんは、隣の自分の部屋から持ってきたポーチを広げると、その中に入っていた化粧道具を取り出し、足の爪にペディキュアを塗り始めた。

なんだかちょっと、リラックスし過ぎのような？

片膝をまげながら脚を開いた体勢のせいで、ショートパンツの隙間から、花柄の可愛らしい下着が見えちゃってるし。

「それは人にものを頼む態度じゃないような……」

「バスケのせいかな、ちゃんと手入れしないとすぐ爪が割れちゃうの、それにあたしのパンツ見てたでしょ。どうしてもって言うなら、土下座してお願いするけど」

そして真面目な顔で俺を見る。

相変わらずつかみどころがないし、たしかにパンツはありがたく拝見していた。「ごめん、そのままでいいよ。それからもう少し詳細を教えてほしい」と、俺が降参とばかりに両腕を上げると、

「そのままって、パンツ？　ペディキュア？」

麻也ちゃんは可愛らしく小首を傾げた。おまけにモフモフの尻尾をフリフリしながら。

――はて、俺はどこで何を間違えたのだろう。

「佳死津一門って呼ばれてる日本最大の退魔士集団がいるの。なぜかそこがママの目を狙ってて、パパもそこに殺されたんじゃないかって」

『妖狐』一族の長《おさ》である麻也ちゃんのお父さんの妹は、そう考えているそうだ。

その長……麻也ちゃんの叔母さんは山間方面にある『温泉稲荷』の宮司さんで、以前襲撃された

際の傷をいやすために、今は境内から外に出られないとか。

「だから宝具を幾つか預かって、ママを警護してたんだけど」

最近はその退魔士集団が、加奈子ちゃんの話にあったヤクザまがいの企業と一緒に、この辺りをうろついているらしい。

「立《た》ち退きの為《ため》の嫌がらせとあたしたちへの脅しを兼ねて、あいつら深夜も徘徊してるのよ」

「下神一派ってのは？」

「陰陽師の集団で、あたしたちのように『神』として崇められた妖怪とは、中立の態度をとってるのよ」

妖狐族の長が佳死津一門と対立する下神一派に、加奈子ちゃんの警護を依頼しようとしたら、数億の経費や頭金、そして成功報酬として、加奈子ちゃんの片目を生きた状態で差し出せと言ったそうだ。

「結局下神一派も佳死津一門と事を荒立てたくないのよね。これがきっかけで全面戦争になるなら、それなりの覚悟がいるってことでしょ」

「それじゃあ、どっちもどっちだな」

「どちらも数百人規模の組織だから、あたしたちだけじゃあ手も足も出ないし」

うーん、数百人規模か。魔族軍とは桁が二つも三つもズレてる。相手の実力が分からないから、軽々に考えるのは危険かもしれないが、少し肩透かしを食らった感じだ。

「じゃあ安心して、俺にできることはする」

こっそりと暮らしていくつもりだから、目立つようなことはしたくないが、信念までは曲げられない。ここは仕方が無いが、一肌脱ぐしかないだろう。

「ママに横恋慕してたなら、男の見せ所でしょ。それにあたしのパンツなら好きなだけ見せてあげるから。だから、叔母さんの傷が癒えるまで死ぬ気で時間を稼いで！」

麻也ちゃんが両手を組んで懇願する。

微妙に頼りにされて無い気もしないではないが……。

「加奈子ちゃんとはただの幼《おさな》馴染《なじみ》だし、パンツは見せたくなかったら隠して」

「でも報酬もなしに動くのは、詐欺師や無責任な人間だけだよ」

麻也ちゃんの目には、嘘偽りがない。やっぱり、相当苦労をしてきたのだろう。

「俺の記憶は見たよね」

「あれは、中二病的妄想が炸裂《さくれつ》し過ぎてて、真実がどこまでか分かんない。だって本人が信じ込んじゃったら、嘘かどうかなんて判別できないでしょ」

しかもかなり疑い深い。

――まあそれは、悪いことじゃないのかもしれないが。

ちょうど外の警備に回っていた残りの歩兵《ポーン》から、警戒情報も届いてる。

「敵襲かな？　それっぽい連中が団体様でお越しのようだ。丁度いい、百聞は一見に如《し》かずだし、挨拶代わりに良いモノを見せてあげるよ」

「良いモノってまさか……うぅん、それより、腕の良さは認めてるよ。この刀や結界を解いたのはちゃんと見たから。でも報酬は、あたしが払えそうなものが他にないの」

「報酬はいらない、これは大いなる力を得た者の責任だ」

それに男の尊厳の問題もあるしな。

俺は収納魔法を開き、師匠から譲り受けた漆黒のローブを羽織る。相手の戦力は未知数だし、師匠の教えでは、どんな時でも石橋を叩いて壊すほど慎重さが必要なのが大賢者だ。復活したばかりの歩兵《ポーン》は戦力としては貧弱だし、僧兵《ビショップ》も一枚消費した。

ならここは、龍王《キング》を動かすべきだろう。

「誇り高き龍の王よ、盟約に従い……俺に力を貸せ！」

ローブをひるがえしながら俺が声を上げると、部屋中に魔力が満ちる。

同時に部屋の窓ガラスが割れ、銃弾のような物が飛び込んできたが、俺の魔力に負けて空中で失速し、ポトリと畳の上に落ちた。

「え、ええっ！」

おどろく麻也ちゃんを抱えて割れた二階の窓から飛び出すと、絶妙のタイミングで龍王《キング》が俺たちを背に乗せてくれる。

そのまま急上昇して、高度三百メートル程の地点で停止する。

「う、うそっ、信じられない。これは龍神様？　こんな神格の高い霊獣見たことない！」

龍王《キング》の体長は二十メートルを超えるから、念のためレーダーやカメラに反応しないよう、ステルス系の魔法を幾つかかけておく。

そして、眼下に広がる夜景を見ながら、口をパクパクさせてる麻也ちゃんに「特等席で今夜のショーを見ててくれ」と笑いかける。

「ねえ、あなたは一体何者なの？」

麻也ちゃんがキラキラとした目を大きく開き、耳と尻尾をピンと伸ばして聞いてきた。俺は漆黒のローブをひるがえし、

「我こそは、賢を極めしケイト・モンブランシェットの弟子にして、その業《ごう》と意志を継ぎし者。大賢者サイトーだ」

この世界では名乗るつもりがなかった、師匠からいただいた真名《まな》を口にする。そして両手を腰に当て、グイっと突き出しながら「そしてナニもきっと大賢者様だ！」と、大声で高笑いして見せた。

——男の尊厳は、やはり大事だからな。

麻也ちゃんはそれを見て小さく首を横に振ると「やっぱり、いろいろと信じられない」と、小声で呟き、耳と尻尾をぺたんと萎《しお》れさせ……なぜかとても残念そうに、深いため息をついた。

×　×　×　×　×

「龍王《キング》、後は頼んだ」

俺が首をポンと叩くと、「ンギャ」と小さな声が返ってきた。

「ちょ、ちょっとどうするつもり！」

飛び降りようとした俺のローブの端を、麻也ちゃんが慌てて握りしめた。

「龍王《キング》の周囲に防御陣を張っておいたから攻撃も届かないし、落ちることもないから安心して」

俺は麻也ちゃんの頭もポンと叩いて、龍王《キング》の背から飛び降りる。

「死んじゃうわよ、あほー！」

麻也ちゃんの叫び声が響いたが、この高さなら下まで聞こえないだろう。俺は落下しながら戦力を分析する。

商店街はぐるりと結界魔法のような物で囲まれ、洋服店の前にワンボックスの車と黒塗りの高級車が一台ずつ止まっていた。結界魔法を展開している術者が南北にひとりずつ。店の前に停まった車のまわりには五人の武装した一般人と、中には防御魔法で身を包む人間がひとり。

「いや、もうひとり姿を隠しているか」

合計九人の位置取りと能力を計算して、駒を振る。

「騎士《ナイト》は店の中で待機、戦闘馬車《ルーク》はそれぞれ南北の結界師に、歩兵《ポーン》はそのまま防御態勢」

それぞれの美少女魔導人形が配置につくのを確認しながら、過剰戦力かもしれないが、見えないやつが不安で……悩んだ挙句、闇の女王《クイーン》の駒も取り出しておく。

そして浮遊魔法で減速しながら車から降りてきた男たちの前に立つ。

「おめえが、狐に雇われた用心棒か？」

すると、黒いスーツに夜なのに似合わないサングラスをかけた、腹の出たおっさんが拳銃を向けてきた。

「ナマステ」

俺は印《いん》キャラらしいので、両手を胸の前で合わせてインド風なお辞儀をしたが、無視されてしまった。

――どうやらまだ、現代日本のノリがつかめていないようだ。悩み込んでいたら、不意にサーチ魔法が展開する。

「高血圧、高血糖、ヅラを確認」

やはりこの世界で、魔法も上手く使えていないようだが……間違いないと、俺の直感が告げる。

弟よ、一体この十九年で何があったんだ？

すっかりおっさん化した我が弟を前に、またノイズのようなものがかすかに聞こえてきた。

「気を付けなさい　ジジジ　は、……呪いの元となるもの、です。ジジから、影響を……」

上手く聞き取ることはできなかったが、その老いた女性の声色からは、俺を心配するような優しさが感じられる。

狂いかけた自分の魔力回路を制御していると、その声に引き込まれるように、異世界で初めて戦闘を経験した時のことが思い返された。

そう、魔物を倒したとき俺は手に残る生々しい感覚に苦しんだ。その魔物は豚のように醜く女子供かまわず惨殺したが、人語を理解し二本足で歩いていたからだろう。

「オークも……生きるために人を殺しているのなら、俺がしたことは、善なのでしょうか悪なのでしょうか」

同行してくれた師匠にそう聞くと、白銀色の癖っ毛をくしゃくしゃと掻きながら、「そうかもしれんなあ、オークからすればお前が悪で、村人からすれば善だったかもしれん」と、つまらなさそうに俺を見る。

師匠、大賢者ケイト・モンブランシェットはいつも派手な白いドレスに身を包んでいた。人族なら十二歳ぐらいにしか見えない幼い容姿だったが、切れ長の目鼻立ちは整いガラス細工のような精密な造りで、まるで高価な陶器人形《ビスク・ドール》のようでもあった。

「じゃあ、どうすれば……」

「お前が今朝食べた兎《うさぎ》からすれば、人もオークも変わりはないじゃろう。生き物は全て命を奪い合って生きておる。食べるのも争うのも、生きるための業《ごう》じゃからなあ。それが嫌ならば、今息を止めて死ぬしかあるまい。しかしそれは卑怯《ひきょう》な方法じゃな」

「人は苦しみながら生きて行くしかないのですか」

「いや、そもそも苦しむ必要が無い」

俺が首をかしげると「善悪など人がつくった幻想じゃ、立場や見方によって変わる物差しなど持つものではないわ。しかしお前が感じておるような『恐れ』はある。そして自然の理《ことわり》や人々の理《ことわり》から外れる『罪』もある」と、師匠は苦笑いした。

「もう、よく解らなくなりました」

返り血を全身に浴びたまま佇む俺に師匠はそっと近づき「それを理解するには、先ずお前の『欠けた何か』を見つけけんといかんな」そう言って、背伸びしながら俺の頭を撫《な》でる。

「理《ことわり》から外れた『罪』を知らぬものは阿呆《あほ》じゃ、その『罪』から逃げるのは卑怯者だ。こいつらには罪の怖さを教えてやればよい。そして罪を知って楽しむものがおり、それがお前の理《ことわり》を阻むなら、その罪を背負え」

「もっと解らなくなりました」

俺が苦笑いすると、

「決してこの問題から逃げてはいかん、それはお前の心を壊す原因となろう」

師匠は悲しそうにその大きな瞳を揺らしながら、そっと俺を抱きしめた。

「汚れちゃいますよ」

「阿呆、服などどうでもよい。今はお前が心配じゃ」

師匠のぬくもりと貧乳が俺の胸に当たる感覚で、心の中にあった冷たいものが解け始めると「まあ、もっと分かり易く言えば、自分の意志を貫けと言うことじゃな」。

師匠は俺の顔を心配そうに見上げて、更に力強く抱きしめてくれた。

そもそも俺の中にある日本の現代的な価値観が、生き物を殺すことに忌避を感じさせていたのだろう。それと時折感じるこの胸のモヤモヤが、俺の何かをズラしているような気がする。

師匠に言わせればそれは俺の心に掛かった呪いらしく、いつか自分の力でそれを解除しなくては、取り返しがつかないほど心が壊れてしまうとか。

以来、覚悟を決めて戦闘に挑む時は、事前に必ず問いかけていることがある。


何とか戻った魔力回路の動きに安堵《あんど》しながら、俺はもう一度目の前のおっさんを見る。そう、今弟と向き合うなら……俺には、覚悟が必要だった。

「お前は罪を知らぬ阿呆か、罪から逃げる卑怯者か、それとも俺が背負うべき罪なのか」

「何言ってやがるんだ？　まあいい、この結界の中じゃあ好きなだけ銃を撃ってもバレねえらしいし、お前の顔は俺の一番嫌いなやつにそっくりだ」

いつもそうだが、その問いにまともに答えてくれるやつがいない。

弟のリュウキが迷わずトリガーを引くと、パンパンと安っぽい音が響く。

『名称マカロフ、ロシア製拳銃』

武器アイテム分析魔法がそう答えたが、俺が防御をする前に銃弾が空中で停止した。どうやら俺のまとっている微弱な魔力すら、貫通できないようだ。

「ちっ、やっぱり妙な技を使いやがる。構わねえ、お前ら始末しろ！」

我が弟はザコキャラのようなセリフを吐くと、後ろにいる同じスーツを着た、四人の金髪男たちに指示を出す。

『名称ＡＫ－47、ロシア製自動小銃』

武器アイテム分析魔法からの回答と同時に、今度は派手な発砲音が立て続けに響く。分析魔法は敵の周囲に浮遊する思念を読み取るものだから、その性能や威力までは分からない。

だがこれも特に防御は必要なさそうだ。問題はこの銃撃にまぎれて、もうひとりの敵が動いたことだ。

俺はローブに仕込んでおいた、師匠譲りの杖を引き出す。

この杖は物干し竿《ざお》にしか見えないが、今までの戦闘でキズひとつ付いたためしがない。しかも魔力を供給すれば、長さを自在に変えることもできた。

師匠は杖とは呼ばず、神具「ニョイ」と呼んでいたが……実際、物干し竿や突っ張り棒として利用していたから、本当に神具かどうかは分からない。

「伸びろ、ニョイ！」

俺の掛け声に合わせてニョイが伸び、動いた気配の中央を貫いたが、銃撃がやんだだけで手ごたえがない。

「くそっ、化け物が」

弟が腰を抜かして座り込んでいたが、お兄ちゃんとしてはズレてしまったヅラが心配でならない。

「面白い術ですね、退魔士が好んで使う叡山《えいざん》の金剛棒に近いですが」

その声の方向を見上げると、ワンボックス車の上に巫女《みこ》姿の少女がいた。

手には扇子を持ち、サラサラの黒いロングヘアが風に舞っている。短すぎる袴《はかま》から見える太ももも、ぱっつん前髪もなかなかポイントが高い。

「えい！」「やあ！」

歩兵《ポーン》が可愛らしい掛け声とともに、二人がかりで同時攻撃を仕掛けたが、

「こちらは、あたしたちが使う式神に近い」

それを扇子で払うように避ける。動きも洗練されているし、魔力の扱いも繊細で美しい。俺を睨む意志の強そうな切れ長の瞳も、なかなかグッドだ。これは結構ヤバいかもしれない。

まったく、美少女巫女なんて……帰ってきて本当に良かった。サーチ魔法を飛ばすと「身長158センチ、ヒップ78、ウエスト58、バスト80のCカップ」と、そんなデータが表示される。そこは戦闘に関係ないが、大切な情報なので心に留めておこう。

しかし今の戦いでハッキリしたが、俺の魔法にズレが生じているようだ。この巫女少女に見とれて、肝心の隠れていた敵の動きを見失った。

——ここは切りたくなかったが、あの駒を使うしかない。

「闇を統《す》べし夜の女王よ、俺との誓いに従い……暴れろ！」

ポケットにしまっておいた闇の女王《クィーン》の駒を指ではじくと、黒い霧が立ち込め「ダーリンやっと出してくれたね、で、ここはどこで、あたいは何をすればいいのかな」と、チェーンや革ベルトで身

体中を拘束した七～八歳にしか見えない、ピンクのロングヘアの幼女が現れる。

「詳しい説明は後だ、気配を上手く消してるやつがいる、そいつを捕まえてくれ」

「うーん、あっ、いたいた。でもこいつは大物だよー、報酬は弾んでね」

幼女《クイーン》がまた黒い霧に変わって姿を消す。一連の動きを見ていた巫女服美少女が、もの凄く嫌そうな顔をして「へ、変態召喚士なの？　あんな小さな子にいやらしい格好させて。や、やっぱりここで成敗するわ」と、更に俺を睨んだ。

まあそう言われると思ってたから、あいつは使いたくなかったのだけど。

マフィアも弟も、目の前の美少女もおとりだろう。たぶんこのスキに動いた本命は、加奈子ちゃんを狙っている。

「もう少し遊んでいたかったが、そうはいかなくなった。決着をつけさせてもらうよ」

上空で見ている麻也ちゃんの信用を得たかったし、ズレた感覚を取り戻す時間が欲しかったが、状況がそれを許してくれない。

「変態ごときに、どうにかできると思わないで！」

ドンと大きな音をたてながら車の屋根を蹴り、美少女が夜空を舞う。俺のニョイを避けたのもうなずける、しなやかな猫のような身のこなしで、空中で身をひねりながら扇子を振った。

同時に紙吹雪が舞う。その美しい動きに、つい、おひねりを投げたい衝動に駆られる。

多分これが、麻也ちゃんや巫女服美少女が言ってる『式神』だろう。戦うことで術式を分析したかったが、

「収納魔法、開け」

この世界に戻ってから何度か使った、信用性の高い魔法でこの場を治める。

「えっ、なに、きゃ！」

巫女服美少女は突然空中に開いた空間の裂け目に驚いたが、スポッと音を立てて吸い込まれていった。うん、飛行魔法が使えないなら、むやみに飛び上がるのは愚策なんだが……あの巫女服少女の戦法を見ると、ひょっとしたらこの世界では、空間魔法や飛行魔法がレアなのかもしれない。

俺は旅のテント代わりに使用していた収納魔法の一角に、式神ごと巫女服美少女が吸い込まれたことを確認し、

「悪いけどちょっと大人しくしていて、そこならバストイレ完備で、備蓄もあるから、食事も自由に取れる」

怪我がなかったことも確認して、闇の女王《クイーン》の後を追った。


「うぎゃー！」

店内に入ると、闇の女王《クイーン》の叫び声が聞こえる。方向は食事をしたダイニングの奥。気を失って廊下で倒れていた幼女を回収して、更に踏み込む。するとドアが半開きになっていて、明かりが漏れている場所があった。明かりの下には、鎧に鋭い刃物で切られたような傷跡の残る狂戦士《バーサーカー》化した騎士《ナイト》が、「うーん」と唸《うな》りながら目を回している。

闇の女王《クイーン》と狂戦士《バーサーカー》化した騎士《ナイト》の挟み撃ちをかわす相手なんて、異世界でも数人しか思い当たらな

い。

「――しかも、この切り傷は」

騎士《ナイト》を拾い上げて修復していると、嫌な予感が頭をよぎり、胸のモヤモヤ感が増してきたが、今は加奈子ちゃんが心配だ。

急いでそのドアを開けると「なによ麻也、こんな夜中にうるさいわね」と、バスタオルを身体にまいて脱衣所で鏡を見ていた加奈子ちゃんが、振り返った。

「ん、あれ、タツヤ君?」

そして俺の顔を見ると、ポカンと口を開けて……そのバスタオルを……。

ポトリと落とした。

×　×　×　×　×

万有引力の法則という概念がある。

地上において質点が引き寄せられるだけではなく、この宇宙においてはどこでも全ての質点は互いに引き寄せる作用、すなわち重力を持っている。

それは異世界でも同じだった。重いものほど地表に向かって引き寄せられる力が強くなる。

しかし今俺の目の前にある大きな二つの質量は、その法則をあざ笑うかのようにツンと上を向き、つやつやの張りとその美しい造形を主張している。

「た、たたたタツヤ君、そんないきなり。ま、麻也もまだ起きてると思うし」

俺が物理学思考に没頭していたら、加奈子ちゃんがサンドロ・ボッティチェッリ作の「ヴィーナスの誕生」のようなポーズをとる。

右腕で胸を隠し、左手はそっと大事な場所へ。

――ああ、美の女神はここにいたのか。俺が芸術学的思考で新たな事実に感銘を受けていたら、

「ママに何する気よ！」

後方から麻也ちゃんが、ジャンピング・ニードロップを仕掛けてきた。


「さあ、キリキリと歩く！」

避けることもできたが、さすがにあれは良くなかったと思い、麻也ちゃんのジャンピング・ニードロップを顔面で受け止めた。

決して大きく開いた脚のせいで、また見えちゃっていた花柄パンツに目を奪われたからじゃない。

加奈子ちゃんは「大丈夫？」と、心配顔だったが……。耳と尻尾を隠した麻也ちゃんが、

「ママ、心配しないで。この駄犬はあたしがちゃんと、しつけるから」

そう言って、俺の首根っこを押さえて脱衣所から引きずり出した。

「戦闘馬車《ルーク》は逃げた術者を追跡中だし、巫女ちゃんは俺の収納魔法の別室に保管した。あそこなら食事もバストイレも完備してあるから安心だ」

「でもマフィアとあんたの弟が残ってるでしょ」

うん、小者過ぎてすっかり忘れていた。もう逃げたんじゃないかと思ってたが、弟は店先にへたり込んだままだし、マフィアの皆様も店先で倒れていらっしゃる。

「龍神様が取り押さえてくれたのよ」

見上げると龍王《キング》がグルグルと喉を鳴らして、マフィアを見下ろしていた。解けた結界もスケールダウンしてこの周囲だけ張りなおしてくれたようだ。

「ありがとうギャーちゃん、今日はもう戻っていいよ」

俺が両腕を広げると、龍王《キング》は懐の収納魔法の中へ吸い込まれてゆく。

「ギャーちゃん？」

「龍王《キング》のニックネームだよ、サトちゃんギャーちゃんの仲なんだ」

麻也ちゃんは無言で首を横に振った。

「こいつらどうする気だ」と、俺がむさい男五人を眺めながら聞き返すと「どうするもこうするも、このまま逃がしちゃダメでしょ」

頬を膨らまして俺を睨む。

たしかにここは、放っておけば野盗が追いはぎしてくれるほど異世界のように治安の素敵な場所でもない。落ちた薬莢《やっきょう》や銃弾をそのままにしておいても、後々加奈子ちゃんに迷惑がかかるだろう。

「了解」

俺は魔法で銃撃の証拠になりそうなものを集めて、ワンボックス車に詰め込み、弟のズレたヅラを直してから、ペチペチと頬を叩いた。

「おお、お前は……」

そのおびえた表情は哀れですらあったが、

「罪から逃げる卑怯者よ、夜が来るたびこの顔を思い出せ。――それが恐怖だ」

俺はその目をのぞき込んで、素顔のままで笑いかける。ついでに十九年前の記憶を探ったが、やっぱり自分が兄を殺したことすら自覚していなかった。

これじゃあ、その背後に何があったかも特定できない。

――胸のモヤモヤがひどくなるだけだ。

また失神してしまった弟をワンボックス車に詰め込み、倒れていたマフィアさんたちに「じゃあ、安全運転で帰ってね」と、魔法で暗示をかける。すると皆、俺の顔を見てコクコクと頷いてから、車に乗り込んだ。

「ねえ、あれは何の魔法？」

「ただの暗示だよ、数時間で我に返る」

まあ、弟はしばらく眠れないかもしれないが。

「マフィアじゃなくて、あの血がつながってるかどうか謎で仕方がないやつのこと」

俺は真剣な顔になっていた麻也ちゃんの頭を撫ぜて、

「魔法なんかかけてないよ」

そう、本当のことを言ってから……いつもの作った表情で、笑顔を返した。

麻也ちゃんはいろいろと説明を求めてきたが、

「今日は遅いからまた明日ちゃんと説明する」

そう言ったら、大人しく自分の部屋に戻っていった。


俺はおじさんの部屋に戻り、割れたガラスを修復魔法で戻しながら龍王《キング》と闇の女王《クイーン》に問いかけたが、やはり気配を消していたやつの情報は得られなかった。

襲撃された騎士《ナイト》の傷跡を見直しても、魔力の痕跡がない。しかも剣で切りつけたというより、レーザーや超音波カッターで切ったような鋭利すぎる切り口だった。異世界にあった魔剣や聖剣だって、ここまでスッパリとはいかない。

ならば、この世界の切断に関する技術《テクノロジー》を確認する必要があるだろう。

何度もジロジロと見ていたら、騎士《ナイト》が恥ずかしそうに頬を赤らめた。龍王《キング》と闇の女王《クイーン》以外の駒は俺が魔法石で作った魔導人形だから、感情は存在しないはずだが……なぜかたまに、こんな予想外の動きを見せる。

「ありがとう、もう戻っても良いよ」

俺が微笑みかけると、騎士《ナイト》は長く美しい金髪を手櫛《てぐし》でなおし、モジモジしながら俺のローブの裏の、収納魔法へ帰って行く。

とにかく明日は麻也ちゃんの叔母さん……妖狐族の長に会って話を聞いてみよう。温泉にも入りたかったし、丁度良いかもしれない。

念のため歩兵《ポーン》三体に店の周辺警備をお願いし、加奈子ちゃんの近くに、もうひとりの騎士《ナイト》を配備する。

状況を整理しながら、俺は頭の中でチェスのボードを組み立てた。

1、敵襲は不意打ちで俺がいる部屋を狙った。
2、弟は俺を「狐に雇われた」と言った。
3、巫女服の美少女は俺のニョイをかわした後、反撃のチャンスを捨ててまで、わざわざワンボックスの上に乗って俺の動きを観測した。
4、気配を消していた敵は騎士《ナイト》と闇の女王《クイーン》を抑えるほどの実力があるのに、標的である加奈子ちゃんの目の前で、俺が近づくと同時に姿を消した。

つまり気配を消していた敵は俺の存在と実力を知っていて、その情報をマフィアや巫女服美少女に伝えず、それらを利用して加奈子ちゃんを狙った可能性がある。

——やっぱり嫌な予感しかしない。

しかも術者を追いかけていた戦闘馬車《ルーク》から、念話で妙な情報が入ってきた。どうやら術者が逃げ込んだのは、温泉稲荷がある山のようだ。

「夜中の考え事は良くないな、今日はもう寝よう」

俺が布団に潜り込むと……加奈子ちゃんが忍び足で俺の部屋に近づく気配があった。

放った騎士《ナイト》に頼んで魔法で画像を送ってもらうと、セクシーなパジャマ姿の加奈子ちゃんが、顔を赤らめながら、枕を抱きしめてドアの前をうろうろしている。

のぞかれた仕返しで、あの枕で殴るつもりなのかな？

それぐらいなら甘んじて受けようと思ったが、麻也ちゃんが寝ている隣の部屋のドアが少し開いて、暗殺者のような眼光がキラリと輝いている。

複雑な家庭問題を察知した俺は、知らないふりをしてもう一度布団をかぶった。

そう言えば収納魔法の中に、何かを置き忘れたままのような気がしたが……まあ、思い出せないのなら大したことじゃないだろう。

×　×　×　×　×

麻也ちゃんに「お兄さん、朝食だぞー」と元気よく呼ばれたので、声の聞こえてきたダイニング・キッチンに向かった。

昨夜と同じテーブルに腰掛けると、加奈子ちゃんがモジモジしながら話しかけてくる。

「その、昨夜はごめんね。酔っぱらった挙句に、そのっ……醜態を見せちゃったようで」

「いやこっちこそ、素敵なものをありがとうございます。逆に迷惑をかけてないといいけど」

昨夜の美の女神を思い出して、ついつい俺も顔を赤らめると、

「あたしは全然迷惑じゃないよ、とーっても仲良しになれたしさっ」

麻也ちゃんが強引に加奈子ちゃんの前に割り込んできた。

「そ、そう、良かったね麻也。何があったの」

「うん、それはお兄さんとあたしの秘密なのです！」

麻也ちゃんは、朝から妙になついてくる。

昨夜の件で信用を得られたのだろうか？　なんだかちょっと微妙だが……。

今も朝食をとりながら「今日はどうするの」って聞いてきたから、温泉稲荷に行くつもりだと言ったら、ついて行くとはしゃいでた。

今日は日曜日で、部活の練習も休みだから丁度良いらしい。

麻也ちゃんが「着替えてくるからちょっと待ってて」と、朝食を終えて席を立ったから、俺は加奈子ちゃんに話しかけた。

「ねえ、泊めてもらったお礼って程の物じゃないけど、俺がつくった、この携帯ストラップをもらってくれないかな」

ポケットから、小さくした龍王《キング》を取り付けたストラップを出す。

「なになに？　変わった龍のマスコットね、ありがとう。でもあたしスマホは普段ケースにしまってるから、部屋にでも飾っておくわ」

加奈子ちゃんは、それをのぞき込んで嬉しそうに笑った。

スマホ？　ケース？　よく解らないが、部屋に置かれたら意味がない。俺は龍王《キング》をポケットに戻し、次なる策をねる。

魔法石を加工した駒じゃあ昨夜の襲撃者に対して不安だし、龍王《キング》は小さくすると、自力で追尾することができないから、苦肉の策だったが……。

キーホルダーだとずっと身に着けることはないだろうし、ネックレスに加工したら、龍王《キング》があの死の谷より深い何かから這い出られなくなる危険性がある。

悩みこむ俺を、加奈子ちゃんが不思議そうにのぞき込んできた。

「そんなに気を使わなくてもいいのに」

「いや、これは俺の信念というか……責任のような、きっとそんな問題だから」

信念とか責任とかも何かが違う気がするが、うまく言葉にできない。

とても重要で、違う言葉が喉元まで上がってきたような気がしたが、どれだけ考えても、どうしてもその言葉が出てこなかった。

ただ加奈子ちゃんの微笑む顔を見ていると、なんだかソワソワして胸が締め付けられるような気がする。そしてそれは、決して忘れてはいけない大切なことのようにも思える。この世界に戻ってきた際に扉の出口で見た、うずくまって泣いている少女の背中が思い浮かんだが……。

心拍数の異常は、心筋梗塞や狭心症の初期症状と類似していた。

異世界から転移魔法で戻る際に、体調になにか変化があったのだろう。後で俺が編み出したマジカル・セルフ・メディカルチェックをしておくか。

俺が腕を組んで首をひねると、

「大げさね」

苦笑いしながら、加奈子ちゃんがテーブルに手をおいた。その美しい白魚のような指を見て、名案がひらめく。

「昨夜リュウキたちが来たんだ。追い返したけど、この後どうなるか分からないし、やっぱり加奈子ちゃんを守りたい」

前の世界では指輪タイプのマジック・アイテムはメジャーで、よく交換したりもらったりした。その時に覚えた魔法を思い出しながら、加奈子ちゃんの手を握る。

「そんな、気持ちだけでうれしいから」

なぜか頬を赤らめる加奈子ちゃんを見ながら、ポケットの中で龍王《キング》を指輪に変え「だからこれを肌身離さず着けていてほしい」と、サイズを確認するために指にはめようとしたら……。

「そ、そんな……麻也もいるし、あたしバツイチだし」

加奈子ちゃんの手が震える。

バツイチってなんだ？　ニュアンスから自分を卑下するような意味だと思うが。

「麻也ちゃんなら理解してくれるよ、それに加奈子ちゃんは今でもとても素敵だ」

俺が強引に指輪をはめると「ままま、待って、そんな」と、顔を真っ赤にしながら指輪をかざし、壊れた人形のように動き始める。

「まさか」

「これは」

「夢？　なの」

その手足をパタパタ動かす様は、どこかで見たような気がした。

「あっ、分かった！　ロボット・ダンスだ」

俺が声を上げると、加奈子ちゃんは糸が切れた操り人形のように、パタリとテーブルに伏せてしまう。はて？　どうしてそんな奇行に走ったのだろうと、加奈子ちゃんを眺めていたら……。

脳内で闇の女王《クイーン》の大きなため息が響いた。

「うーん、あたいの仕掛けた『愛情の枷』は、そこまで変な作用はしないはずなんだがなー。これじゃあ、せっかく決着を付けるために、この世界に来た意味が無い」

意識をその声に合わせると、テーブルの上に幼女姿の闇の女王《クイーン》が現れる。

「なんのことだ？」

倒れ込んでる加奈子ちゃんに気付かれないよう、念話で話しかけると、

「ちょっと、調整が必要かなあ？　ダーリンに掛かった呪いは、やっぱり一筋縄じゃあいかないね。まあ、慌てないで、ゆっくり考えよっか」

闇の女王《クイーン》は同じように念話で答え、少し悲しそうな顔で……俺の頭をポンポンと叩いた。

第二章　愚者たちは月夜に踊る

温泉稲荷《いなり》……正式名『千代《ちよ》温泉稲荷神社』は、この城下町からひと山越えた、温泉街にある。飛行魔法で移動しても良かったが、食事中その話をしていたら、加奈子《かなこ》ちゃんが、

「なら温泉旅館を経営してる先輩に頼んで、送迎バスに乗せてもらう？」

そう言って、電話で約束を取り付けてくれた。

麻也《まや》ちゃんが駅舎にオープンしたカフェに寄りたいと言うので、約束の時間より少し早く出て、時間を潰すことにする。

指輪を渡して以来、ポワポワしてる加奈子ちゃんが心配だったが、麻也ちゃんに強引に連れ出された形だ。


五月の晴れた午前の光は暖かく、半袖姿の人も多い。

麻也ちゃんはスポーツメーカーのロゴの入ったキャップを被《かぶ》り、ポロシャツにジーンズのラフな姿だったが、スタイルとセンスの良さのせいか、人目を惹《ひ》いている。

目的のカフェはセルフサービスで、既に休日を楽しむ若者であふれていた。何とかオーダーして、久々に飲む炭酸水に俺が感動してると、

「何考えてんですか？　お子様ですか？」

どうやら怒りはまだ治まっていないようで、俺のグラスを見て目を細めた。

「なぜか向こうに炭酸ジュースが無かったんだよ。それよりタピオカってまだ流行ってたの？」

俺が店内の「新登場！」と書いてあるタピオカミルクティー・ロイヤルうんちゃらのポスターと、麻也ちゃんのグラスを見て首をひねると、

「えっ……ホントだ、これ九〇年代後半にもブームがあったんだ」

麻也ちゃんが例のボタンのない、電卓のような物を操作した。

「なんだそれ？」

「スマホも十九年前にはなかったのかー」

そして現在のインターネットやスマートフォンの説明を聞き……。

「凄《すご》いな、正に『発達した科学技術は魔法と見分けがつかない』だ」

——ちょっと感動する。

「今時スマホもなしじゃ……って、戸籍もお金も常識もないんじゃダメか」

「金は何とかするメドがあるし、常識はある」

収納魔法の中には、異世界では価値が低いが、こっちでは高値が付きそうなものを、幾つか持ってきていた。

「常識ねえ、じゃあ何でママにあんなことしたの」

「いや俺だって、途中で気付いたけど……」

それは加奈子ちゃんに指輪をはめた後だった。

「ママ寝込んじゃったじゃない」

何度説明しても加奈子ちゃんは上の空で「ちょっと横になるね」と言い残して、フワフワした足取りで自分の部屋に戻った。

うん、結婚指輪とか婚約指輪の存在をすっかり忘れていた。

異世界で指輪は魔術的アイテムの意味合いが強くて、そんな概念は無かったからな。

「加奈子ちゃんを守るためだとか、これで加奈子ちゃんと気持ちがつながるからとか、ちゃんと説明したけど」

「誤解が解けたかどうかも怪しい。てか、加速してそうで怖い」

麻也ちゃんは更に俺を睨《にら》みつける。

「麻也ちゃんが妖狐《ようこ》だってことも、秘密にしてるのだろう。俺が魔術的な話をするのは、やっぱりまずいと思って」

「何かの間違いでママの能力が開花しないようにしてるの、だから変な話はあまりしないでよね」

そんな事情だろうとは思っていたが、それを言わないでどうやって誤解を解けば良《い》いのか……。

「まあいっか、悪気がないのなら今回は許してあげる。それにお金の問題がないんだったらこれからスマホ買いに行く？　通話は使えないけど、中古を買ってWｉ－Fｉ《ワイファイ》だけ使用してみるとか」

――この話題には、何か引っ掛かるものがあった。

インターネットの最新事情、無線通信、小型モバイル端末。仕組みを知れば知るほど、俺が知る異世界の魔法アイテムと共通点が出てくる。まるでどちらかの技術が流出しているみたいだ。

勇者パーティーと組んだ時、冒険者の間で流行ってた「ステイタス・ウィンドウ」と呼ばれる魔道具があった。相手や自分の実力や特性を読み取って、レベルとかステイタスとか何とかって表示する物で、俺は苦手だったが……。

仕組みは浮遊する魔力を無線電波のように受信し、スマホのようなタッチ画面を空中に魔法で出力する物だった。

他にも思い当たるアイテムが多い。俺以外にもあの世界に多くの転生者がいたのだろうか？　いや、もしそうだとしてもハイテクを魔法に応用するには、技術レベルやパーツの問題が残る。あるとすれば、定期的にゲートを開いて往復するかだが……そんな話は聞いたことがないし、ゲートの特性を考えると、エネルギー効率が悪すぎる。

しかしここは踏み込むべきだと俺の勘が告げていた。

財布の中にはあと一万円札が二枚しかないが「一万円以下で、福沢諭吉様で買えるかな」と、麻也ちゃんに問いかけたら、

「型や年式にこだわんないんなら、あるんじゃないかな。それから一万円札のデザインは少し変わってるみたいだけど、まだ福沢諭吉だよ」

麻也ちゃんはニコリと微笑み返してくれた。

その後、駅前の大型家電店やモバイルショップを二人で巡った。薄くなったテレビに驚いたり、自動で動く掃除機に感動したりするたびに、麻也ちゃんは楽しそうに笑いながら説明してくれる。

途中何度か大きな胸が、俺の腕にボヨンボヨンと当たったのが気になったが、中古スマホを購入する頃には麻也ちゃんの機嫌は治っていた。

その笑顔を見てると、まるでデートを楽しむ少女のようだった。この世代特有の幼さと色気がアンバランスに混ざり合った魅力が眩《まぶ》しい。

そう言えば俺の高校時代は暗黒だったし、異世界でも修行や魔王討伐に明け暮れて、女性とデートすることはなかった。

良く晴れた五月の空を眺めながら、今日はデートにはうってつけの日だと思い……。

高校生にお金を払っちゃうおじさんの気持ちが、ちょっとだけ分かった。

×　×　×　×　×

くねくねと曲がる山道を、マイクロバスで一時間ほど揺られていると、温泉街に着く。

街の中心に「湯明館《ゆめいかん》」と書かれた大きな看板を掲げる旅館があり、そこが加奈子ちゃんの高校時代の先輩の実家だそうだ。

「今日は、おじいちゃんのとこかい？」

旅館の駐車場に車を止めると、五十がらみの人の良さそうな運転手のおじさんが、麻也ちゃんに微笑みかける。

「違うかな、今日はこのお兄さんと、稲荷のおばさんに会いに行くの」

麻也ちゃんはこの送迎バスをよく利用するようで、すっかり運転手のおじさんと仲良しのようだ。

「そうかい、気をつけてな。帰りは夕方の四時頃に出るけど」

「ありがとう、じゃあ、その時間にまた来るね」

麻也ちゃんが手を振ると、おじさんは嬉《うれ》しそうな笑顔になった。続いて俺が運転手さんに頭を下げると、なぜかフンとそっぽを向かれたが……。

湯明館から温泉稲荷までは、徒歩で十分ほど。入り口の百段あると言われている石段に鳥居が並び、まるで赤いトンネルを上るような感覚だ。この階段も指定文化財なのだと書いてあったから、きっと歴史があるのだろう。

麻也ちゃんが首をひねりながら、「おかしいな、いつもならすぐ出てくれるのに。さっきからつながらない」と、スマホをポケットにしまい込む。

そして赤いトンネルを上りながら「やっと二人っきりになったから言うけど」と、ちょっと上目使いで聞いてきた。

――ああ、これってやっぱり、愛の告白だろうか。

「いい加減昨夜のことゲロってくれない？」

まあ、分かってはいたけど。

「その叔母さんの話だと、佳死津《かしづ》一門が加奈子ちゃんの瞳を狙ってるんだよね」

「そうよ」

「麻也ちゃんはその佳死津一門と実際に接触したことはある？」

「何度かね、昨日みたいに深夜、店の前とかで……でも、あんなふうに奇襲されたのは、初めてかな」

「しかも昨夜は……」

「そうそれ、何で下神《しもがみ》一派の胡蝶《こちょう》が出張《でば》ってきたのかな？」

「胡蝶？」

「あの術は間違いなくそうだね、扇子で複数の式神を同時に使役するなんて、そんな芸当ができる器用なやつは、他にいないから。封印が得意な陰陽師《おんみょうじ》で下神一派でも一、二を争う実力者なの。しかも顔も本名も割れてない、密偵や刺客専門のソロプレーヤーなんだって」

「何だか凄そうだね」

「距離や角度の関係で顔までは見えなかったけど、どんな感じのやつだった？」

「たしか、麻也ちゃんと同い年ぐらいの女の子だったような」

その件で何かが引っ掛かったが……、どこかに何かを忘れたような。まあ、思い出せないから、大したことじゃないのだろう。

「つまり昨夜みたいに奇襲されたのも、陰陽師が出てきたのも初めてなんだね」

「そうだけど、どうして？」

「俺の駒が追跡した術者は、この辺りの山に逃げ込んだ」

「ねっ、それって、どゆこと？」

俺の腕を力強く引き寄せたせいで、麻也ちゃんの胸がまたボヨンとぶつかる。もう、わざとやってないだろうか？

「叔母さんたちと下神一派との契約が進んだのかもしれない。それを佳死津一門が嗅ぎ付けて、警戒態勢を敷いてるとか」

麻也ちゃんが首をひねる。

「なんで」

「そう考えれば、つじつまが合うんだ」

例えば足りないお金を誰かが補塡したとか、加奈子ちゃんの『片目をもらう』条件を変更したとか、何らかの変化があったのかもしれない。

リュウキは俺を見て「狐《きつね》に雇われた」と言ったから、あのマフィアたちは、妖狐《ようこ》が何かと契約したと考えてる。

そして攻めてきた巫女《みこ》服美少女は俺を観測していたし、マフィアと連携攻撃してこなかった。あの動きは、漁夫の利を狙うような戦法だ。だから麻也ちゃんと俺のいざこざに気付いたマフィアが突然攻撃し、慌てて全員踏み込んだらああなってしまった。

「そんなとこかな」

「つじつまは合うけど、納得できないかな。だったら叔母さんは何であたしに話してくれないの」

麻也ちゃんが口を尖《とが》らせる。

「だからその条件が、麻也ちゃんに言いにくいことだったんじゃないかな」

「どんな？」

「それを聞きに行くつもりだったけど……」

不意に聞こえた足音に顔を上げると「なかなかの名推理じゃないか、それで正解だよ」と、虚無《こむ》僧《そう》姿の男がひとり……。

嬉しそうにパンパンと手を叩《たた》きながら、階段の上で微笑んだ。

××××

派手なエンジン音に振り返ると、階段の入り口にオートバイが二台停まり、革ジャン姿の体格のよさそうな男たちが、ヘルメットを脱ぎながらこちらを見上げる。こんな場所で托鉢《たくはつ》でもないだろうし、下にいるバイクの男たちからも、微弱な魔力が感じられる。

「おかしいな、まったく気付けなかった」

こんな至近距離まで気配を感じないなんて、やはりおかしい。

念のためサーチ魔法を飛ばしても『男には興味がありません』と、微妙な回答しか得られない。

正面にいた虚無僧が、被っていた深い笠《かさ》を豪快に投げ飛ばし、

「我が名は唯空《ゆいくう》、仏法の守護者にして、金剛の力を賜りし退魔士なり。人に害為す人外の者よ、ここから先は引くことも押すこともできぬと心得よ！」

手に持った杖《つえ》を振り回す。

何だか歌舞伎みたいで、ちょっとカッコ良い。顔も三十代半ばぐらいの、無精ひげを生やしたワイルド系イケメンだ。

俺は魔法のズレが心配になり、収納魔法の中に入れておいた例の『ステイタス・ウィンドウ』を取り出す。

「ウィンドウ・オープン」

そう叫んで虚無僧を見ると、低かったレベルとかステータスの数値がどんどん上昇してゆく。どうやら気配を消すだけではなくて、魔力量も自分でコントロールできるようだ。

俺が知る限り、異世界ではそんな芸当が可能だったのは師匠ぐらい。

しかもその間、虚無僧はお約束通りニヤリと笑って、攻撃しないでこちらを見ている。

感覚がズレてなかったことに安心して、ステイタス・ウィンドウを閉じる。やっぱりこれは苦手だから使わないでおこう。

「ねえ麻也ちゃん、何か悪いコトしてるの？」

一応お隣さんも確認する。

「たぶん、あんまり……」

少し目が泳いだから、あとで問い詰めておくか。

「彼女は無罪です！」

先方にそうお答えすると「ふん、隠しているつもりかもしれんがその妖気と秘めた邪悪な顔、この唯空の目をごまかせると思うな！」と、杖の先が俺に向いた。

まるでそれは、俺が子供時代に憧れたテレビの特撮ヒーローや時代劇の主人公みたいで、ものすごくカッコ良い。

「な、なんだと！」

俺も頑張って、驚きのポーズをとってみる。

すると麻也ちゃんは俺と虚無僧を交互に眺めて……。

「昭和かよ！」

と、すごく嫌そうな顔をした。


「麻也ちゃん下がってて」

俺が虚無僧の男に向かって一歩前に出ると、

「本山から頼まれたムカつく仕事だったが、面白くなりやがった」

と、男は楽しそうに微笑《ほほえ》む。

「あの名乗りが本当なら、佳死津一門最強火力の『撲殺炎者』って言われてる人よ」

背中から麻也ちゃんの声が聞こえてきた。うん、なんか乗ってきたな。そう言う二つ名系って、

男のロマンだ。

「お前は罪を知らぬ阿呆《あほ》か、罪から逃げる卑怯者《ひきょうもの》か、それとも俺が背負うべき罪なのか」

俺が収納魔法からニョイを取り出して構え、それっぽいポーズを決めると、後ろからため息が聞こえたが……。

「ほう」

男は何かを確信したかのように頷《うなず》くと、自分が持っていた杖を放り投げる。

「拳で語るべき男か」

撲殺炎者唯空は魔力を炎に変えて薄っすらと身にまとうと、仁王像のような構えをとった。多分それは、ニョイとの打ち合いで、後ろにいる麻也ちゃんに被害を出さないための配慮もあるのだろう。俺もニョイをしまい、素手でファイティング・ポーズをとる。

近接戦闘は決して苦手じゃないし、俺も被害を拡大させたくなかったからだが。

「はっはっは！　どうやら本物の漢《おとこ》のようだな、さあ来い！」

唯空の言葉に俺が踏み込むと……。また麻也ちゃんの深いため息が聞こえてきた。

唯空の拳は重かった。異世界で伝説の巨大オーガのパンチを受け止めたことがあったが、それ以上のパワーとスピードだ。

「なかなか、やるな」

しかし俺の拳も負けていない。

龍王《キング》と戦い続け、磨き上げた拳は、オリハルコンを砕くこともできる。

「お前こそやるな！」

足を止めた殴り合いを続けたが、お互い決定打に欠け……今は石段の上で二人とも寝転がり、肩で息をしている。――見上げた、鳥居の隙間から見える青空が美しい。きっとこれも、俺が探し求めていた青春ってやつだ。


「兄者は悪い人ではないが、ちょっと濃いと言うか、熱すぎるんだ」

「昭和生まれって、あんなのばっかなの」

「人によると思うけど、あれ彼氏さん？」

「違うかな、保護者みたいな」

「御兄妹？」

「違う違う、あたしが保護してるの」

「……そうなんだ」

どこかからそんな男女の声が聞こえてきたが、俺と唯空は、そろって聞かないふりをした。

「殴り合いで負けたのは何十年ぶりだ？」

唯空はまだ整わない息に苦しみながらそう言うと、寝転がったまま俺の顔を見てニヤリと笑う。

「まあ、俺も似たような物だ」

異世界に渡ってから、師匠以外の人間に素手でここまでボコられた記憶はない。

「どうして妖術を使わなかった、お前なら圧勝できただろう」

やってみないと分からない話だが、この力関係ならどちらかが極端に優位に立つことはないはずだ。それに「拳で語るんじゃなかったのか」と、俺がそう呟《つぶや》くと、唯空は嬉しそうに笑った。

あれほど暴れたのに、麻也ちゃんたちはのんびりと俺たちの近くで観戦していたし、歴史ある石畳や鳥居がまったく破損していない。

この男の配慮や優しさがよく解る。俺も唯空に笑いかけると「そうか、じゃあ俺の仕事はこれで終わりだ」と、俺の瞳をのぞき込んで、もう一度楽しそうに笑った。

「左門《さもん》、右門《うもん》、行くぞ！」

唯空が立ち上がると、麻也ちゃんの隣ですっかりとくつろいでいた、革ジャン・ロン毛の男たちも立ち上がる。

二人の容姿は瓜二《うりふた》つで、どこか唯空に似ていた。双子の弟か何かだろうか。

「兄者、本山にはどのように伝えれば」

「狐に帝釈天《たいしゃくてん》がごとき漢がついた、その者仏道を知るものなり、今後一切手出し無用と伝えておけ」

「承知しました」

双子がそろって頭を下げると、唯空は立ち上がろうとしていた俺を振り返り、

「こいつらにかけた『呪《しゅ》』を解いてくれねえか、ありゃあ俺が壊しちまうには勿体《もったい》ねえ出来だ」

そう言ったので、二人をマークしていた戦闘馬車《ルーク》を戻すと、

「ありがとよ」

またさわやかに笑う。何かもういろいろとカッコ良すぎる。

「それから下神のやつらには気を付けな。特に芦屋幽漫《あしやゆうまん》のジジイは超のつく曲者《くせもの》だ。お前にかけられた『呪』も、あのジジイと同じような臭いがしやがる」

俺にかけられた呪？　唯空に聞こうとしたら「送れる塩はここまでだ、後は自分で考えるんだな」と、笠を拾い上げ、

「それから初めの質問の返答は『俺も罪を背負う者』だ」

僧衣をひるがえしながら階段を下りて行く。――その背には男のシブすぎる哀愁が漂っていた。

革ジャンの双子はそろって俺に頭を下げると、唯空の後を追う。

芦屋幽漫という名前に何かが引っかかったが、軽い頭痛と共に、その杞憂《きゆう》も霧散してしまう。俺が気を取り直して唯空たちの後ろ姿に感動していると、

「まったく、昭和の男ってのは」

麻也ちゃんはあきれたように、ゆっくりと首を左右に振った。

×　×　×　×　×

「とにかく叔母さんが心配だから急ごう」

麻也ちゃんの話だと革ジャンのロン毛……左門、右門コンビから聞いた情報では、二人で神社内を探っていただけで、特に手出しはしていないそうだ。

「まだ電話がつながらない」

麻也ちゃんが何度もコールを繰り返すと、社務所から着信音が聞こえてくる。

左門、右門兄弟をマークしていた戦闘馬車《ルーク》を指で弾《はじ》き、

「この周辺に不審な魔力がないか探索して」

二人の魔力人形に頼むと、同時にコクコクと頷いてから馬車にムチを打って飛び立って行った。

「じゃあ、手分けして探そう」

麻也ちゃんが社務所に向かって走って行ったから、俺は戦闘馬車《ルーク》の後を追って、ひと際大きな魔力を感じる方向へ、歩を速めた。

俺は境内を見回しながら、この稲荷の歴史を思い返す。

千代温泉稲荷神社は、その名前の通り温泉施設がある。伝説では、謀反の罪で追われた武将が、死期を悟って森の中で休んでいると、猟師の罠《わな》に足をとられた大きな狐を見つける。

その武将は不憫《ふびん》に思いながらも狐を助け、また猟師のために、罠には懐に残っていた金子《きんす》を縛り付けた。そしていよいよ命の灯火《ともしび》が消えかけると、千代と名乗る美しい女性が現れて武将を助ける。その女性の看護の甲斐《かい》あって、武将が立って歩けるようになると、

「この温泉は薬湯です、どうかここで傷をお治しください」

――そう、女性に勧められた。

聞けば女性も足を怪我して、ここで湯治していると言う。

武将も湯につかると、徐々に傷が癒えた。

「現在の御屋形様は民も家臣も苦しめ、政《まつりごと》を誤っている。私はそれを正しに行かなくてはならない」

武将は元気になると千代にそう伝える。千代は何度もそれを止めたが、ある晩武将は二人で住んでいた庵《いおり》を、こっそりと抜け出した。

途中森の中で、以前助けた大きな狐に襲われたが、

「千代よ、この恩は決して忘れぬ。だが苦しむ民や家臣を、見捨てるわけにはいかぬのだ」

武将がそう答えると、狐は月に向かってひと鳴きして、ゆっくりと去って行った。

そしてその武将がこの国を治め始めると、民の苦しみは無くなり、家臣にも愛され、土地には豊かな作物が実り始める。

武将は何度もその森で狐を探したが、結局見つからず、その温泉の近くに稲荷を建立した。

――それが千代温泉稲荷神社だという。

俺はその伝説を思い返しながら戦闘馬車《ルーク》と共に気配を追い、源泉を守る山中の岩場についた。

「人が入る場所じゃあなさそうだな」

社務所の横にある入浴施設とは違って、そこは岩と森に囲まれた、天然の露天風呂のような場所だった。岩の前には「指定文化財、立ち入り禁止」の看板もあり、しめ縄もまかれていて、厳かな雰囲気がある。

「だがここには不審な魔力が溢《あふ》れてるから、確認しておくか」

俺は戦闘馬車《ルーク》を駒に戻して、目の前にあった二メートルほどの高さの岩を飛び越え、中をのぞく。

するとそこには直径二十メートルはありそうな、美しい緑と大岩に囲まれた池……いや、湯気が出ているから、天然の大露天風呂が広がっていた。

その壮観な眺めに俺が息を呑《の》むと、湯煙の中に人の影のようなものが動く。そのシルエットは女性にしか見えなかったので、そっと岩を降りようとしたら……。

「も、もしやその気配は！」

ジャブジャブと音を立てて、二十歳ぐらいに見えるタレ目のふんわり系美女が、全裸で突進してきた。おわん型の大きな胸がブルンブルンと震えている。

圧倒的な迫力にたじろいでしまうと、

「身長１５６センチ、ヒップ86、ウエスト60、バスト93のＦカップ」

サーチ魔法が勝手に展開した。

しかも、相変わらずの解析結果しか出ない。

俺の魔法は、本当に大丈夫なのだろうか？　もうコレ、我が事ながらちょっと楽しい。

「お待ち申しておりました、御屋形様……千代でございます」

ふんわり系美女さんは俺の手を握り、目にいっぱいの涙をためた。栗色《くりいろ》のウエーブのかかった髪の上には、麻也ちゃんと同じ狐耳がある。

「えーっと、人違いじゃあ」

と、なると……彼女が妖狐族の長《おさ》、麻也ちゃんの叔母さんになるのだろうが。

「見間違えるはずなどございません、そのお姿、霊格、そして何より……その定められし者の気配」

どうしたら良いのか、対処に困っていると……。

「叔母さんに何する気よ！」

と、後方から麻也ちゃんが俺の腹に両腕をまわして、バックドロップを仕掛けてきた。

×　×　×　×　×

これは過去の記憶だと、俺は夢の中で自覚していた。

思い出したのは、異世界に転移したばかりの、無限回廊図書にいた頃だ。

「愚者は浅はかな自分の経験のみを信じ、聖者は他人の心を知りその痛みを分かち、賢者はその歴史の意味を知り、そこから学ぶ」

師匠が歴史書に悪戦苦闘していた俺にそう言った。

物理化学や魔導書を読むのは好きだったし、根本的な理論は前世の理系教科書と同じだったから、苦労はしなかったが……歴史は暗記科目だと割り切っていたせいか、師匠の理解度チェックで何度もダメ出しを食らった。

「まだ理解が足りないのですか」

「そうじゃな、では今読んでおる帝国設立当時の話をしてやろう」

人族最大の『帝国』が誕生したばかりの頃、師匠はあるパーティーに招かれた。そこである男にこう言われたそうだ。

「貴族を殺すに剣も魔法も必要ない、嘘《うそ》でも良いから周囲が納得できる悪評があればいい」

師匠はその言葉を聞き、なるほど面白い話だと頷いたそうだが、

「それが、この男じゃな」

短命でこの世を去った三代目皇帝の名を指さす。

「策士とは策に溺れるものじゃし、また悪ほど強く扱いが難しいものなどない」

歴史書によるとその男は多くの施策を打ち出し、二千年以上続いている帝国の礎を築いた人物だった。

そして師匠は近くにあった魔導書を取り出し、

「呪いの魔術は必ず術者にも呪いをかける」

そう書かれたページを指さす。

「全ての学問はつながっており、人は繰り返して同じ過ちを起こす。歴史を学ぶとはそういうことじゃ」

そして少し悲しい顔をして、

「恨みは人を蝕《むしば》み、悪意は浸透して集団を腐らす。最も恐ろしい呪いは魔術ではなく『人の悪意』じゃからな。その呪いが早く解けるとよいのだが」

俺の頬にそっと手を置いた。

「そうそうお前も、何度注意しても我が階段を上るたびにスカートの中をのぞこうとするであろう」

こっそりのぞいていたつもりがまたバレていたようで、俺が慌てると、

「愚かな繰り返しを止《や》めさせ、新たな道へ誘うのも賢者の務めじゃ」

師匠は立ち上がると最近よく穿《は》いている短めのドレス・スカートを楽しそうにひるがえして、まるで悪戯《いたずら》好きの少女のようにペロッと舌を出す。

すると回廊の淡い光の中で、可愛《かわい》らしい純白のパンツがチラリと見えた。

そう、あれが……師匠から初めてノックダウンを奪われた瞬間だ。

目覚めると、ヒノキ造りの知らない天井が見えた。頭回りに人の気配とぬくもりがある。

膝枕ってやつだろうか？　その脚はとても筋肉質で固く、頬にもじゃもじゃの毛が当たって、妙にくすぐったい。

「御屋形様、目が覚めましたか」

その声に顔を上げると、おひげのダンディな四十歳ほどの男が微笑みかけてくる。

――なぜか、黒いブーメランパンツ一枚の姿で。

「麻也殿にも困ったものですな、御屋形様でなければ今頃死体処理に頭を悩ませていたところです」

周囲を確認すると、板間の広々とした部屋にもうひとり、オールバックの似合う四十歳ほどのダンディなおじさまがいた。

――やはり、黒いブーメランパンツ一枚で。

「あなたは？」

「申し遅れました、この社《やしろ》の狛狐《こまきつね》を務めております、阿斬《あざん》と申します」

おひげのダンディな膝枕男が名乗ると、

「同じく吽斬《うんざん》と申します、以後お見知りおきを」

部屋の隅で警護するように立っていたオールバックのおじさまも俺に頭を下げた。

俺が悩みこむと、「回復の儀を行っておりました、もう傷は癒えた筈《はず》です」と、阿斬さんが微笑みながら説明してくれた。そう言われると、唯空と殴りあってできた傷も、麻也ちゃんに落とされた痛みもなくなっている。

「助かります、回復魔法は苦手なので」

俺が苦笑いすると「お礼を申し上げなければならないのは私どもです。しかし、なぜ麻也殿の技を受けたのでしょう？　私の見立てでは十分に避けられたはずですが」そう、おひげがダンディなおじさまが苦笑いする。

「まあ悪いコトをしちゃった自覚はありますし、麻也ちゃんはいろいろと我慢しているようだから、少しでも発散できる何かがあればと。──まさかあそこまでキレイに決められるとは思いませんでしたが」

そう、決して背中に当たったおっぱいの感覚に負けたわけじゃない。

「さすが御屋形様、御慧眼《けいがん》でございます。やはり長《おさ》も、最近の麻也殿の心理状態を、危惧しております」

阿斬さんがダンディに微笑んだ。そして何かを認めたように、小さく頷く。

俺が立ち上がると、「では長《おさ》が待っておりますので」と、吽斬さんが深々と頭を下げる。

そして二人は並んでボディービルダーのようなポーズを決め「どうぞこちらへ」と、そろってブーメランパンツ一枚で呟く。

──うん。

何だかそこは突っ込んだら負けのような気がして、俺はスルーしながら後をついて行った。そして回復の儀の内容は聞かないでおこうと、固く決意した。

通された部屋は広々とした畳の部屋で、不貞腐《ふてくさ》れた顔で座布団にあぐらをかく麻也ちゃんと、白装束に身を包んだふんわり系美女さんが並んで座っている。

「御屋形様、お待ち申しておりました。先ほどはその、お見苦しいものを……」

頰を赤らめ、照れるその姿はなかなか来るものがあった。

「いいえ、とても眼福でした。俺の信条は、来るものは拒まずのストロングスタイルですので、どうかご安心ください」

しかし恋愛面に関しては上手くいったためしがないから、この辺りは改善が必要なのかもしれない。師匠は恋愛について問うたびに「あ、阿呆、そのぐらい察しろ！」と怒るだけで、何も教えてくれなかったからな。

現に今も、千代さんは困ったような笑顔を俺に向けている。対面に用意されていた座布団に座ると、赤い袴《はかま》の少女たちが、お膳に乗せたお茶やお菓子を順番に運び込んできた。

皆中学生か小学校の高学年ぐらいで、チラチラと俺を盗み見ている。

髪型は全員肩までのおかっぱで、その可愛らしい顔もどこか似ていた。

「どうぞお召し上がりください」

千代さんがコホンと咳払《せきばら》いをして、気を取り直すように勧めてきたので、湯呑《ゆのみ》を手に取ったら、まだ握力が戻ってなかったのか、するりと手から滑り落ちてしまった。

「あっ！」

お膳にぶつかりガチャンと大きな音がすると「きゃ」「えっ」「あわわわ！」と、少女たちの小さな悲鳴が連鎖的に広がり……あちこちでポンポンと風船が割れるような音が響く。

すると少女たちの姿が消え、子狐たちが慌てて部屋中を駆け巡った。

「これこれ、はしたない。落ち着きなさい」

千代さんが「パンパン」と両手を叩くと、子狐たちは縮こまりながら部屋の隅に集まる。

「小さな子を驚かせてどうすんのよ！」

麻也ちゃんは俺を睨んできたが「この子たちは森に住む妖狐の子供たちです、まだ人の身体に上手く化けられなくて。でも話を聞き付けて、どうしても御屋形様を見たいと言うので、こうしたのですが」と、千代さんはふんわりとした笑顔で首をかしげる。

「ごめんね、驚かせて」

俺が子狐たちに笑顔を向けても、更に震えるだけだ。前の世界でも、基本、魔物や妖精は臆病で警戒心が強かった。

しかし必要に迫られると、その牙をむく。

「そうだ、お菓子を一緒に食べよう」

お膳にあった砂糖菓子をひとつ自分で食べ、残りを手に乗せると、一番好奇心の強そうな子狐がそろそろと近付いて来た。

そう、だからまず信頼関係を結ぶのが大切だと師匠も言っていたっけ。手の上の菓子を食べた子狐が嬉しそうに尻尾を振ったので頭を撫《な》でると、他の子狐たちも近付いてきて、菓子を食べたり背に乗ったりし始める。

「今度はお菓子で誘惑なの」

麻也ちゃんは更に俺を睨んだが、

「他人の空似だとは分かっておりますが、なんだか本当に御屋形様が帰ってきたようです」

千代さんはまた、目にいっぱいの涙を溜《た》めた。

「千代さん、その御屋形様ってのと、加奈子ちゃんの瞳について、話を聞かせてもらえないかな」

俺がじゃれついてくる子狐たちに戸惑いながらそう言うと、千代さんはぽつりぽつりと、これまでの経緯を話し始めた。


「そもそもは兄の玄一《げんいち》が殺されてから、いいえ……あたしと御屋形様が出会ってから、この歪《ゆが》みは発生したのでしょう」

千代稲荷伝説には、その後日譚《ごじつたん》があるようで、

「この領を治められた御屋形様は、我ら妖狐族を保護してくれました。その見返りとして作物の豊穣を我らが手助けしたのです」

家康の世になり天下が安定すると、その収穫の良さに疑問を持つ人々も現れた。

「御屋形様は秘匿していましたが、どこから情報が漏れたのか我ら妖狐族を狙う輩《やから》が現れ」

その利権争いに巻き込まれるような形で、当主は命を失う。

妖狐たちは人との契約を辞め、ただ稲荷を守りながら温泉の力を借りて、傷ついた人々を癒し続けていたが……。

「御屋形様は武将としても優秀でしたし、我ら妖族に近い力もお持ちでした。そんな方をどのよう

にして抹殺したのか、不思議でなりませんでしたが」

目に特殊な力を持った術師がその武将を暗殺したとうわさが広がり、

「我ら妖狐も、そのような技を持つものに多くの命が奪われました」

時代と共に激減する妖狐族は、いつしか『目』の能力者を探すようになり、

「そして兄の玄一が、見つかった瞳の能力者の監視を始めたのですが」

……そこからは麻也ちゃんから聞いた話と同じだった。


商店街の地上げ話が進み、加奈子ちゃんたちが追い込まれると「あたしも突然襲われ、この通りまだ療養中です。下神一派は以前から我ら妖狐と契約を結びたがっておりましたが」。

条件が合わなくて、保留になっていた。しかし数日前に妥協案が提出される。

「あたしがある人に嫁げば、それで全て丸く収めると」

そこまで話すと麻也ちゃんが、「もう、信じらんない！」頬を膨らませて千代さんを睨んだ。


「幾つかお伺いしていいですか」

「はい何でしょう」

俺はこの件を脳内のチェスボードに書き出す。

あまりにも単純な詐欺の手口だが、確認は必要だろう。

「まず、領主を殺した能力者が『目』の力を使ったというのは噂《うわさ》ですか」

「はい、しかしその後そのような能力者に何度も襲われましたので」

「襲ってきた能力者を捕まえてたしかめたりしたことは」

「……いえそれは、たしかにありませんでした」

能力を偽装しながら襲うのは、異世界では密偵の常套手段《じょうとうしゅだん》だったが、どうやらこの世界でも同じようだ。

「加奈子ちゃんの能力を見つけたのは誰ですか?」

「はい、それは……下神一派の……」

さすがにそこまで話したら、千代さんも気付いたようだ。

しかし麻也ちゃんは、隣で首を傾《かし》げていた。

「どゆこと?」

「つまり下神一派の狙いは、初めから千代さんだったってことだよ」

異世界でもヤクザまがいな奴《やつ》らの常套手段だが、はじめに無理難題な要求を突きつけ、徐々に緩和することで本命の狙いを奪い取ろうとする。

子狐たちのモフモフを撫でながらため息をつくと、麻也ちゃんがまた俺を睨んだ。

ふと師匠の言葉が頭をよぎる。

「最も恐ろしい呪いは魔術ではなく『人の悪意』じゃ」

単純だが、この呪いは効果的だったのだろう。狐たちは領主や仲間が殺された「怒り」に我を忘れていた。

だからこんな簡単な嘘も、簡単な罠も、見破ることができなかったのだろう。

「呪《しゅ》か」

そうなると、唯空の言葉も気にかかる。

きっとまだ、このチェスボードは完成していない。


しかしこの件に関して、凄く有用な人材が手元にいたような気がする。収納魔法の中から、何か訴えるような声が聞こえたような気がしたが……さっぱり思い出すことができなかった。

気を取り直して、今回の状況を整理しながら、頭の中のチェスボードを組み立て直す。
1、唯空は狐に俺がついたから仕事は終わったと言った。
2、千代さんの話では、下神一派の狙いは千代さん本人のようだ。
3、そしてその因縁は戦国時代末期にさかのぼる。

つまり佳死津一門は千代さんが下神一派の手に落ちることを嫌っていた可能性がある。

――だが佳死津一門がマフィアのバックなら動き出したのは最近だろう、そうなるとまだ知らない要素が、最近発生したことになる。

しかも昨夜の気配を消した襲撃者は、加奈子ちゃんを狙っていた。やはりまだ局面が読めないが、必要なのはここ最近発生した何かだ。それが分かれば、このボードは完成する。

俺が悩みこんでいたら、「それではいったい、あたしはどうすれば……」と、千代さんのモフモフ耳がしゅんと萎《しお》れる。

「まだすべてが確定じゃないですし、分かってないことも多いです。そこも含めて、下神一派と俺が直接話をする機会を作ってもらえませんか」

事を穏便に済ますのはやはり話し合いが一番だし、勝利条件は相手を討伐することじゃなくて、加奈子ちゃんや麻也ちゃんや、それから千代さんたちの安全の確保だ。まあこの手の問題なら、悪目立ちすることなく平和裏に処理することができるだろう。


「はい、我らはかまいません」

千代さんが心配そうに麻也ちゃんに視線を向ける。

「あたしたち妖狐もそうだけど、契約には対価が必要なの」

すると麻也ちゃんが、苦笑いしながら俺を見た。

前の世界でも魔族や妖魔は対等となる契約を重んじていたし、人族でも貴族のような責任ある者は、約束をたしかなものとするために対価を求めた。

師匠から『大いなる力を持つ者の責任』の説明を受けた時、

「善や悪、金や権力といった不たしかなものにこだわる必要などない。己の信念を貫き通し、世の理《ことわり》を重んじるのが大いなる力を持つ者の責任じゃ」

その後、「しかし時としてそれが禍《わざわい》の元となることがある。対価なき交換は世のバランスを乱す原因になりうるからじゃ」そう言って師匠は苦笑いした。

「ではどうすれば」

俺が聞き返すと。

「覚悟も対価じゃ。例えば命を救う代償として、金にこだわる者の全財産、地位ある者の名誉、清らかな乙女ならその操を求め、覚悟を問え」

「問うた報酬は受け取らなくても良いのですか」

「そこは好きにすればよいじゃろう」

そんな話をしてくれた。


きっと今は、千代さんの覚悟を問わなくてはいけない場面だ。

「ではこうしましょう。下神一派との契約の破棄及びこの件に関する妖狐族の安全の確保を約束します。代わりに千代さんを自由に出来る権利を俺に下さい」

この言い方なら覚悟も問えるし、対価を受け取らなくても、それは自由のうちだと逃げることができる。

「そ、その……あたしなどで宜《よろ》しいのでしょうか」

千代さんは恥ずかしそうに、少しうつむいて身体を震わせた。

「ええ、もちろん」

「は、はい、ではその、ぜひその契約でお願いいたします」

千代さんが畳に指をつき、深く頭を下げる。すると子狐たちが、俺と千代さんを見比べながらはしゃぐように飛び跳ね、麻也ちゃんが酸欠の金魚のように口をパクパクとさせた。

そう言えば、何処《どこ》かで同じような契約をして……何かを失敗したような気がする。

×　×　×　×　×

「じゃあまず、この社の安全確保から」

千代さんはさっきから俺の顔をチラ見しながらポワポワしているし、麻也ちゃんも何も言わなくなってしまった。

今更契約変更を言い出せる雰囲気でもない。

何とか場の空気を変えようとして、話を進めると、

「あっ、はい、そうですね。守りの御神体も鬼門を抑える石柱も麻也に預けたままでした」

千代さんがやっと我に返ってくれた。

「それなんですが、実は……」

俺が収納魔法から壊してしまった刀と石を取り出すと「ごめん叔母さん、これあたしの責任だから」と、麻也ちゃんも我に返ったように千代さんに話しかけた。

「まさか」

千代さんは刀を受け取ると大きく目を見開きながら、

「御新造されたのですか」

潤んだ瞳で、俺の顔を見つめた。

「申し訳ありません」

「いえ、ああ、――やはり」

俺が謝ると、千代さんは刀を愛おしそうに胸に抱く。

麻也ちゃんはそれを見て首をひねったが、「社の守りでしたら、阿斬と吽斬を呼ばなくてはいけませんね」と、千代さんはとても嬉しそうに微笑んだ。

「お呼びでしょうか」

すると紫《むらさき》袴《ばかま》の装束に身を包んだ、ダンディなおじさまコンビが部屋に現れる。

俺がちゃんと服を着ていることに安心すると「社の守り図面をもって来て、それから御屋形様との話にも参加してほしいの」と、千代さんが話しかけた。

すると二人は一度部屋を出て、数本の巻物をもってくると、俺たちの前に広げた。

「建物は受付と住居を兼ねた『社務所』とこの『社殿』になります。守りは参道前の我ら狛狐、裏の山際に鬼門封じの柱石、それぞれが社殿の御神体と連携して守っております」

正面は谷に囲まれた石段を登らないと侵入不可能で、裏は森に包まれている。まるで戦国の孤城のような造りは、設計者の想いが良く解《わか》る。これは何か大切なモノを守るためだけに、特別に設計されたものだ。

「その領主さんは千代さんを愛してたんだね」

「はい」

刀をもう一度抱きしめ、嬉しそうに笑う千代さんは美しい。凶悪な胸が刀に押し付けられて……衿《えり》からはみ出しそうで、わっしょいわっしょいだし。俺は取り戻した戦闘馬車《ルーク》を二枚取り出し「鬼門の要はこれで代用できますか」と、ダンディおじさまコンビに聞くと、「このような高き神格の物をお借りしても……」

二人そろって目を見開いた。

「それから鳥居周辺にこれを配置したい」

歩兵《ポーン》を三枚取り出して、正面の守りについて二人に相談すると、

「是非に」

ダンディなおじさまたちは、俺に深々と頭を下げた。

「では、この刀を拝殿に収めて守りを完成させていただきます」

千代さんが、俺の顔を確認するようにのぞき込む。

「何でしょう」

ついついくすぐったくなって、聞き返すと、

「これは御屋形様が亡くなる直前に、千代に守り刀として下賜《かし》された物でした」

俺はその話に、申し訳なくなり頭を下げる。

「いえ、どうか頭を上げてください。その時、御屋形様はこんな事をおっしゃいました」

しかし千代さんは照れたように微笑み、

「邪魔にならないよう、ずっと隠れて御屋形様を支えていたつもりでしたが、ある日簡単に捕まってしまいました。きっと千代のことなど、すべてお見通しだったのでしょう」

懐かしむように、遠くを見つめる。

千代さんの話では、その領主様は、

「どうやらいよいよ天命のようだ。幾百年の時を生きると聞く妖狐なら、きっとまた輪廻《りんね》の時を越えて逢《あ》うことができるだろう。それまでこの刀で身を守り、必ず生き延びてくれ」

捕まえた千代さんに刀を渡し、

「今は話せぬが……この刀が生まれ変わる頃に時が動き、長く続いた歪《ひずみ》が治まる。その時にまた顔を出そう」

そう言って微笑んだそうだ。

「その高き神格、深き知識、そしてその優しく広きお心。もはや他人とは思えません」

千代さんはまた涙を溜めて微笑んだが「あっ、それ多分勘違いですから」と俺が言うと、可愛らしく首をひねった。

「いえ、前々から村に巣くう魔物を倒したり、ダンジョンとかで伝説の秘宝を見つけたりすると、勇者の生まれ変わりだとか、伝説の聖人の再来だとか言われたんですが、それ全部本当なら俺の前世どんだけだよって」

苦笑いしながら説明すると、千代さんはポカンと口を開ける。

「きっと、勘違いされやすい体質なんですね」

俺は笑顔を振りまいたが……なぜか誰も反応してくれなかった。


静まり返る社務所を見回していたら、掛け時計の針が午後の三時三十分を過ぎていた。そろそろ帰りのバスの約束の時間だ。

まあ、これでやれることはやったし、後は戻って次の手に集中しよう。事は素早くこなし、常に前向きに対処する。それがいつだって、勝利の為《ため》に必要な考え方だ。

「じゃあ麻也ちゃん、もう時間だから帰ろうか」

「えっ、えー？　なにそれ、まだほらっ……」

麻也ちゃんは慌てて俺と千代さんを見比べた。

「そうか、千代さん、下神一派と連絡が取れたり危険を感じたりしたら連絡ください。電話ってどうして通じなかったんですか」

「あの、申し訳ありません。湯治の際に、スマホを社務所に置いてしまいまして」

「じゃあ次からは、湯治の時も電話受けられるようにしてください、今は危険な時期ですから」

俺が念押しすると、なぜか千代さんは心ここにあらずといった感じだった。

××××××

帰りのバスの中でずっと考え込んでいた麻也ちゃんが、

「ねえ、あんな感じのことって良くあったの」

納得いかないとばかりに聞いてきた。

「あんな感じって？」

「その、運命の人みたいなこと言われたの」

「そんなに沢山じゃないけど……そうだな、七～八回はあった」

「みんな女性？」

そう言われれば、なぜか全員女性だった。

「そうだね、今気付いたけど」

「で、ひょっとしたら、全員に同じような態度をとって……あの帰還の記憶の中にあった、皇帝陛下のように放置したと」

「最初の頃はさすがに戸惑ったけど、まあ結論からすればそうだな」

すると麻也ちゃんは、俺の顔をまるで珍獣を発見した冒険者のように、しげしげと眺めると、

「あんたって人としては最高だけど、男としては最低だよね」

瞳を閉じてゆっくりと首を左右に振った。

麻也ちゃんと家に戻ると、

「ごめん、まだ調子が戻んなくて……でも今日はお祝いだから、夕飯はお寿司でも取って」

加奈子ちゃんの顔はまだ赤いままだった。

「お祝い？」

「うん」

そしてポワポワとした足取りで、また二階へ戻って行く。

「ママまで不幸にしたら、承知しないからね」

麻也ちゃんに足を踏まれたが……きっと誤解が、上手く解けてないことが原因なんだろう。それぐらいのことは俺にも分かる。

「ちゃんと責任は取る」

「へー、任せても大丈夫なの？　言っとくけど変な責任は取らないでね」

「もちろんだ」

麻也ちゃんは不信そうに俺を睨んだが「でもまあ、お寿司ゲットは素晴らしい」と、ダイニングから出前のチラシを取り出して、嬉しそうに眺め始めた。

何かを間違えたと感じたら、遠回りに思えても最初から状況を見直すのが、いつだって最短で最善の手段だ。俺はここ数日の記憶を整理しながら、部屋に戻って買ってきたスマートフォンをバラし始める。

スマートフォンの造りは、異世界の最新式魔道具と基礎回路が酷似している。対比するために『ステイタス・ウィンドウ』を取り出して、同じように分解した。

やはり、同様のパーツが見つかる。魔力をエネルギーとする魔導具と、電気をエネルギーにするスマホの違いはあるものの、これじゃあ、特許侵害も幾つかありそうだ。

まあ、異世界間でその手の条約がないのが救いと言えば救いだが……ためしに収納魔法にしまっておいた通信系の魔導具で補強しながら、スマホを組み立て直す。

そして魔力を通すと、

「やはり……」

スマートフォンの初期画面が、ステイタス・ウィンドウと同じように、空中に展開した。

俺はスマートフォンの箱に同封されていた、マニュアルや説明書を取り出し、登録設定のページを開いて、更なるおどろきに身を固めてしまう。

「な、なんだコレは……」

――もう、書いてあることがさっぱり分からない。


初期設定やら初期登録に悪戦苦闘して、何とかスマホが使え始めた頃。

「ねえ、握りで良かった？」

部屋着に着替えた麻也ちゃんが、寿司桶《おけ》とペットボトルのお茶を持って、ひょっこりと顔を出した。相変らず下着姿にしか見えないが……。

「かまわないが、加奈子ちゃんは？」

「自分の部屋で食べるって。あの年で知恵熱って……娘としてなんか恥ずかしい」

麻也ちゃんはぶつぶつ言いながら、ローテーブルの上に二人分の食事を並べ始めたから「ちょっと見てほしい」と、空中にスマートフォンの画面を表示させた。

「うわっ、なにこれ」

「どうやら最新のＩＴ機器は、魔法と親和性があるようだ」

「動くの？」

「もちろんだよ、電波も魔力を利用して、近くの無料Ｗｉ－Ｆｉ《ワイファイ》を受信できるようにした」

俺が「ＯＫぐるんぐるん！　近くのコンビニ」と唱えると……空中にマップが現れて、ご近所のコンビニにピンが刺さる。

「もう本当に、凄いんだか凄くないんだか……分かんなくなってきた……」

なぜか麻也ちゃんが、悲しい瞳で見つめてきたが、

「でもこれなら外でも通話もできるね、ＳＮＳの無料通話アプリとかさ」

自分のスマホを取り出して、いろいろと説明してくれた。

二人で寿司を食べながら一通りの設定が終わると、

「そうだ麻也ちゃん、もうひとつ手伝ってくれ」

「なにかな」

「昨夜襲撃してきた巫女服の女の子を、収納魔法の中に入れたままだった」

記憶の整理で思い出したことを話すと「はあ？　何でそんな重要な事が忘れられるのよ」と、思いっきり嫌な顔をされたが、

「彼女に話を聞きたいけど、女の子がいる部屋を突然のぞくのはマナー違反だろう」

そう言うと、何とか頷いてくれた。

俺は麻也ちゃんの前に、巫女服美少女を閉じ込めた収納魔法の入り口を開いて、

「向こうからは攻撃できないようにするから、呼び出してくれ」

そう頼むと麻也ちゃんは、プリンとしたお尻をこちらに向けて、空中にできた三十センチほどの時空の歪《ひずみ》に顔を近付けてくれた。

「超セレブな別荘の、豪華すぎるリビングが見えるんですけどー」

俺の亜空間テントは旅の疲れを癒せるようにと、広々とした空間にお気に入りの家具を並べて、ゆとりの仕様にしてあるが……。

セレブってなんだ？　俺が悩み込んでいたら、

「あっ、暖炉の前でポテチ食べながら寝転がってる娘《こ》がいる」

可愛らしい尻尾をポンと出して、麻也ちゃんが空間の裂け目に更に顔を近づけた。

あのテントの中では欲しい食べ物を念じると、備蓄の食料が自動で調理されるようにしてある。

しかしポテチとはなかなかのセレクトだ。

「そこにはひとりしか居ないから、その娘で問題ないよ」

「おーい、聞こえるかー」

麻也ちゃんは声をかけると「う、うそっ、どうして春香《はるか》がここにいるの！」と、おどろいたように身を引く。

「知り合いなのか？」

「そ、そうなのかな……うちのクラス委員長そっくりなんだけど」

「じゃあ話は早いだろ」

俺がパチンと指を鳴らして、収納魔法から外に出すと「いやー、あはは、ごめんね麻也」と、美少女は寝そべったままポテチを片手にポリポリと頭を掻《か》いた。

「なあ麻也ちゃん」

「なに？」

「どうしてこの娘は、こんな格好なんだ」

「さあ、本人に聞いてよ。それにあたし、出して良いって言ってない」

麻也ちゃんはプクリと頰を膨らます。まったくおっしゃる通りなので……。

俺は、黒のブラジャーとパンツだけのスレンダー美少女を見ながら、深いため息をついた。

×　×　×　×　×

もう一度下着姿の美少女に、収納魔法に戻ってもらって、仕切り直しで話を聞く。

「えっとですね、巫女服って動きにくいし手入れも大変で、寝るとシワがよっちゃうし」

今はちゃんと服を着ていたが……。

「ご主人様がお求めでしたらどのような恰好《かっこう》でもいたしますが、あのでも、さすがに、児ポ法に引っ掛かりそうな、あの幼女のような服は……自信ないと言うか恥ずかしくって、でもでも夜のお相手でしたら全然ＯＫです。あああ、でもでも経験ないんで、初めは優しくしてくれると嬉しいかなって。も、もちろん、召喚獣としても前向きに働かせていただきます。ですからどうか、お命だけは助けてください」

土下座して、一気に早口でしゃべる姿は、いろいろと可哀そうだった。

「そんな気は全然ないし、むしろ今まで存在を忘れていて、こっちが謝らなきゃいけないぐらいだよ」

座布団を勧めながら、普通に座ってと言っても、

「いえ、ご主人様の実力は、嫌と言うほど理解させていただきました。神代の神格を持つ龍神《りゅうじん》様や、教会の裏部隊が追う、神祖と同格としか思えない幼女を使役し、退魔士最強と呼ばれる、あの唯空を素手で殴り飛ばすようなお方に、逆らう気など毛頭ありません」

その巫女服の美少女は、涙目で懇願してくるだけだった。

「いやいや、良いから。あたしたちの質問に素直に答えてくれたら、とっとと帰ってほしい」

耳と尻尾を隠した、冷めた顔の麻也ちゃんの言葉に、巫女服美少女は「ちっ」と小さく舌打ちすると、「もうあたし帰ることができません。下神のたくらみはバレバレみたいですから、ここであたしが話しても話さなくても、情報をもらした罪で制裁されるのは目に見えてます」と、俺の顔を見上げて、大きな瞳に涙を溜めた。

念のためその顔をつかんで、麻也ちゃんに向けて「どこまで本当かな」と確認してみると、

「あんたに必死にこびてるところ以外、ホントっぽい」

麻也ちゃんが、凄く残念そうに首を振る。

「仕方ないか……」

俺が顔から手を放してため息をつくと「どうか可愛がってください」と、潤んだ瞳で見詰めてくる。すると勝手に展開したサーチ魔法が、その涙の上に大きく『打算』と表示したが、いちいち魔力を使わなくても分かるぐらい、裏表がハッキリしていた。

——まあ、ある意味安心の仕様だ。


「じゃあキミの安全は俺が保障するから、質問に答えて」

「ありがとうございます」

「下神の狙いは何だったの？」

「ご主人様が稲荷で推測した通りです。それ以上の情報は、持ってません」

「加奈子ちゃんの目に関しては？」

「下神では、災いを呼ぶ魔眼だと考えていますが……佳死津一門は、どうも違う見立てをしてるようです。詳細までは知りませんが」

「じゃあ、それに関して何か最近問題が起きたとか」

「はい、その……近々その災害が実現する予兆が多発してまして、下神は狐を贄《にえ》に何かを企んでるみたいですし……その予兆が、あの魔眼に近付きつつあるそうで……でもその辺りは、下神内でささやかれてる噂なので、たしかなことは……」


俺はそこで質問を取りやめた。

どうやら彼女は嘘を言っていないし、自分の身の危険におびえている。

これじゃあか弱い女の子をイジメてるみたいだし、末端の構成員に聞けるのもこの程度だろう。

「じゃあ、具体的にこれからどうするかだけど」

この娘を本当に使役するわけにはいかない。家族や学校の問題もあるし、何より少女を勝手に保護し続けるのは、現代の日本では難しいはずだ。

「家には帰れそう？」

「あたし元々孤児で下神に育てられてましたから、家族もいませんし、借りてたアパートにはもう手が回ってるはずです」

「じゃあ学校は……」

「どうせ偽の名前と戸籍で通ってましたし、楽しかったけど……二回目ですし」

「二回目？」

俺が首をひねると、ニコニコしながら、麻也ちゃんが巫女服の少女ににじり寄る。

「ねえ、ホントは何歳なの？」

巫女服さんは麻也ちゃんの視線を避けるように、ぐるりと首を回したが「じゃあお兄さんに頼んで、ここから追い出してもらおうかなー」と、麻也ちゃんが楽しそうに笑うと、

「十九かな」

ポツリと、そう答えたが……。

「ダウト！」

麻也ちゃんが、大声で叫んで巫女服美少女の顔を指さした。

「いやまあその、あたしも妖《あやかし》なのよ」

すると巫女服美少女は黒い猫耳と、猫の尻尾をポロンと二本だした。

「百十九歳です。でも十九年前まではただの猫でしたから……そのー、十九だニャン♡」

サラサラのロングヘアの上にある黒い猫耳を揺らしながら、両手を頬の横で猫っぽく曲げてこびを売る姿は、なかなかあざとくって可愛い。

「だニャンじゃないでしょ！」

俺が感心していると、麻也ちゃんがスリッパで猫の頭を叩いた。あのスリッパは、いったい何処から取り出したのだろう？

「何すんのよ」

猫が睨《にら》み返すと、麻也ちゃんも尻尾と耳を出して唸《うな》り返す。魔力が上がると、二人の瞳がかすかに輝いた。どうやらこの世界の妖は、能力向上と共に瞳の色が変るようだ。

放っておいたら、美少女同士のキャットファイトが始まってしまいそうだった。それはそれで見てみたいが、そうはいかないだろう。

「そうなるとやっぱり、使役するのが安全なのかな」

そっと二人の間に滑り込んだら、両方から睨まれてしまったが……。

まあ、完全に俺の制御下におけるから、それが一番守りやすい形態だ。

「反対！　情報も聞きだせたし、もうこんなの段ボールにでも詰めて河原に捨てちゃおうよ」

しかし、麻也ちゃんはどうやら反対のようだ。

「でも麻也ちゃん、それって動物愛護法的にどうなんだ」

「じゃ、保健所に連絡するとか」

これを保健所が受け取ってくれるとは思えないが……。

「ご、ご主人様、そんな捨てるなんて言わないでください」

演技とは言え、泣き付かれると弱い。それに、約束もしたことだし。

「麻也ちゃん、この猫の責任は俺がとるから許してやって」

どんな形であれ、涙ぐむ姿はやっぱり可哀《かわい》そうだ。

「でもまたいつ裏切るか分かんない」

「その為にも使役して『誓い』で縛っとくよ」

そう言うと麻也ちゃんも納得してくれた。

「僧兵《ビショップ》が一枚空いてるから、そこに収めても良いかな？　それから住処《すみか》はさっきまでいた、俺のテントを改良する方向で」

「もちろん全然ＯＫです！」

猫が喜んで俺にすがりつくと、麻也ちゃんが脳天にチョップを落とす。

「じゃあ、早速」

俺が、また麻也ちゃんとにらみ合っている猫に使役の契約魔法を使用しようとしたら、寸前のところで魔術が歪められた。

「その服、何か呪《のろ》いがかかってるな」

「ああ、なら多分それは、下神当主である芦屋様の『呪《しゅ》』じゃないかな。詳しくは知らないけど、あたしみたいな妖が裏切らないようにしてるんじゃないかと。他にも似たような『呪《しゅ》』をかけられていた、妖の娘もいましたし」

「じゃあこっちで服は勝手に変えても良い？　それからその魔術を調べたいから、巫女服をもらっても……」

そこまで言うと、麻也ちゃんが俺の頭をスリッパで叩く。

「匂いでも嗅ぐの」

「まさか、そんな分析方法なんかないよ」

「あっ、ご主人様、なんなら下着もお付けしましょうか？」

猫がふんふんと鼻歌を歌いながら袴を脱ぎ始めると、麻也ちゃんが飛び掛かった。

二人のモフモフ美少女が、唸りながら絡み始める。

猫の半分脱げている袴からのぞく太ももや、麻也ちゃんのキャミソールからこぼれそうな凶悪な膨らみとか。もう、見物料が取れそうな状況だ。

そのまま視聴を続けたかったが……やはり、とっとと作業をすまして猫をテントにしまい込むべきだろう。

「そのままで良いよ、服は……」

俺は二人を止めながら、呪文を唱えた。

どうもイメージ力が貧困で、よく知らない服は作り込めないが、高校生活が楽しかったって言っていたし、これなら見慣れていた服だからいけるだろうと……。

「誓いに基づき、その者に我が衣をまとわせろ」

猫の服装を変える。

「何これ、そっち系の夜のお店の人？　猫耳にそれって、もう最高」

すると麻也ちゃんがケラケラ笑い「ご主人様、今時、この靴下はちょっと……」と、猫も黒い耳と二つの尻尾をシュンとさせる。

俺が良く知るセーラー服のミニにルーズソックスは、どうやら評判が悪いようだ。

たしかになぜか、またお金を払いたい衝動にかられた。


麻也ちゃんの提案で、スマホに仕組んだウィンドウを三人で見ながら、ネット検索で猫の衣装を選んだ。

119歳だから消防士が良いと主張する麻也ちゃんの意見は猫に却下され、ルーズソックスなしでも良いからセーラー服という俺の意見も、二人から猛烈な勢いで却下された。

——どうやら俺の青春は、ここでも帰ってこないらしい。


「これなら可愛いです!」


結局本人の強い希望で、メイド服になる。

「やっぱりそっち系のお店の人にしか見えない」

麻也ちゃんは今ひとつ納得していないようだったが、ミニスカ・セーラー服よりましだと、妥協してくれた。

しかしネットでメイド服を検索すると、信じられないほどの数がヒットする。日本の格差社会が進み、富裕層に仕える若い女性が増えたのだろうか?

喜んでエプロンドレスと二本の黒い尻尾をフリフリさせている猫を見ながら、いろいろと頭を悩ませていたら、

「あれ？　こんな時間にお客さんだ。ママまだ寝込んでるし、あたし行ってくるね」

ドアベルの音に、麻也ちゃんが慌てて部屋を出る。


「ご主人様見て見てー、萌《も》えるでしょ」

すると猫が嬉しそうに、くるくると回転を始めた。

「萌える？」

「たしか、少女の美しさや可愛い仕草の総称です」

もう、日本の将来が心配でならない。

「何でしたらあのセーラー服みたいに、もう少しスカート短くてもいいですよ」

回転を止めると、猫は長めのメイド服のスカートを恥ずかしそうにたくし上げた。スラリとした太ももと、黒いレースのパンツが見えちゃっている。

「何考えてるんだ？」

「六畳ひと間のボロアパートで、毎晩カップ麺食べてたあたしが、三食豪華リビング付きの部屋をもらって。しかも、陰湿なジジイから妙な仕事を押し付けられてたのに、優しくて強いイケメンがご主人になったんです。あの狐は邪魔ですが、もう人生勝ち組ですね！」

「……苦労してたんだな」

「はい、もう、だからどれだけでもサービスしちゃいます」

俺はあきれて、脱ぎ捨てられていた巫女服の分析を始めたが……。

「なあ猫、おまえ下神を抜けようとしたり、不満を口にしたりすることってあったか」

「不満はみんな結構言ってたかな。真剣に抜け出そうとしたことはないけど、士官クラスの人に注意されたことはあります」

「この術式は使役のための物じゃなくて、自爆術式だ」

「へっ？」

猫が慌てて俺に近付いて来る。術の様式は漢文のように古い漢字で書かれていたが、内容は異世界で使用されていたものと、ほぼ同じだ。

分かり易《やす》いように色を付けて、その魔法陣を投影すると、

「う、うそ……どうして」

猫は小さな悲鳴を上げた。

俺に捕まることを前提にして派遣されたのか、それとも猫のような戦闘員全員に、そうさせているのか。しかも近付いて来た猫の身体からも、同じような魔力波を感じる。

その流れを追うと、猫の心臓の上に、同じようなステルス式の魔法陣があった。

「へっ」

猫が何かに気付いたように、慌てて俺の目線を追って、胸元をのぞき込む。メイド服の胸元は大胆に開いていたから、黒のブラジャーが見えてしまったが……。

その瞬間、カチリと音がして魔力が向上した。

「動くな、今解除する」


同じように色を付けて、その魔方陣を投影すると、猫の顔が青ざめる。

それは巫女服にあったものと同じ自爆術式だった。下手に抜き取ると心臓が壊れるように、わざと複雑に絡ませてある。

しかもその動作やロックは、暗示をもとにした『記憶』に閉じ込められているようだ。

ひょっとしたら、この術式を自分で認識するのも「動作キー」のひとつなのかもしれない。猫もそれに気付いたのか、ブルブルと震えだす。

――まったく、趣味の悪い罠だ。


「ご、ご主人様……」


「いいか、俺の目を見て絶対に視線を外すな。多少の痛みがあるかもしれないが、必ず抜き取る」

猫の腰に左腕をまわして押し倒し、右手を心臓の上の術式に乗せる。そして瞳をのぞき込み、解呪の道を読み取りながら右手を動かす。

繊細な作業を強いられたため、俺の手が徐々にメイド服の胸元に入っていってしまう。ひとつひとつ解読しながら指を動かすと指先に猫の胸が当たってしまうし、妙な吐息が顔に当たって、くすぐったい。着衣は乱れ、ポヨンとかプニッとかのダイレクトな感覚や、「あっ、うっ」「やっ……ダメっ」と、美少女の悶《もだ》える顔が集中を妨げる……。

――くそ、なんて卑怯な魔法なんだ！

俺は心の中で、いろいろな意味で悪態をついた。

「もう少しの辛抱だ」

何とか最後の爆発コアまで手が届き、俺がそれを指先でつまんで引き抜くと、「あん！」と大きな声を上げて、モフモフ美少女は身体をのけ反らした。

ギリギリのところで解呪に成功して、俺が額の汗を拭うと、

「ご、ご主人様」

怖かったのだろう。俺の首に手をまわし、さらに足を絡ませてしがみ付き、荒い吐息を首筋に掛けながら、何度もけいれんを繰り返した。

「痛みはないか？」

しばらくすると身体の震えも収まったので、確認のためにもう一度瞳をのぞき込む。

「はい、その、痛みはないですが、もう、その……イッてしまったといいますか、まだスイッチが入ったままといいますか……」

しかしまだ顔が真っ赤で息も荒く、言動もおかしい。心配になり顔を近づけると、

「やっぱり、一生ついていきます」

なぜか猫は、ゆっくりと目を閉じた。

はて、これじゃあ暗示が残っているかどうか、たしかめられないと困っていると……。

「ねえ、あんたたち何してんの？」

まるで凍てつく吹雪のような、麻也ちゃんの声が聞こえてきた。

×　×　×　×　×

麻也ちゃんに巫女服や抜き出した自爆術式を見せて説明すると、何とか納得してくれる。

「それでお客さんなんだけど、あんたを訪ねてきたみたい」

猫が乱れたメイド服を直しながら、横目で麻也ちゃんを眺めてフフンと微笑む。

「どんな人？」

「パッキンのボヨンボヨン」

麻也ちゃんが対抗するように、自分の大きすぎる胸を両手で持ち上げて、ボヨンボヨンさせたら「ちっ」と、猫が舌打ちした。

何を争っているのかわからないが、やはり二人は仲が悪そうだ。しかも麻也ちゃんが何を言っているのかも、さっぱり分からない。

――ボヨンボヨン？

仕方なく店の受付まで行くと、黒いスーツに身を包んだ見覚えのある金髪の男を従え、パツキンのボヨンボヨンさんがカウンター越しの椅子に座っていた。

実に大迫力で、やっと意味が理解できる。うん、これは間違いなくボヨンボヨンだ。

パツキンさんは俺がカウンターに入ると、ニヤリと微笑んだ。そして黒い高級ビジネススーツのタイトスカートから、スラリと伸びた生脚を優雅に組み替える。

豪華なブロンドと大きな碧眼《へきがん》を揺らしながら、

「あの唯空が帝釈天と呼んだのも分かるわ。ねえ、お時間はとらせないから、少し話ができないかしら」

ポケットから名刺を取り出した。

すると意図せずまたサーチ魔法が稼働し「身長172センチ、ヒップ84、ウエスト58、バスト98のHカップ」と、謎の申告を表示する。

能力が勝手に暴走しているようだが、やはりとても素敵な情報なので、心に留めておく。

「かまいませんよ」

俺が椅子に座ると、パツキンさんが後ろに立つ男に小声で話しかけた。

すると、翻訳魔法が展開する。こちらは正常に動いてくれてるようで『この男には教会から仕入れた銀の弾丸も、下神から奪い取った魔導兵器も効かないだろう。あたしが対処するから、同志諸君は下がっていたまえ』と翻訳される。

発音のニュアンスから英語ではなくて、ロシア語かそれに近い言語だろう。

『こんな夜更けに、何の用ですか』

その言語にチャンネルを合わせたまま、俺が話しかけると『あら、あたしたちの母国語を話せる人に、日本で初めて会ったわ』と、パツキンさんはとても楽しそうに笑う。

しかし『俺も日本で初めて、妖精に会いました』と言うと、美しい碧眼を少し細めた。

名刺には『リトマンマリ共和国　国立通商会　日本支部長　アリョーナ・ルバルト』と書かれている。パッキンさんたちに見えないよう、改造スマートフォンのウィンドウを開いて、ネットで検索した。どうやらそこは、ちゃんとした国立企業として登録してあるが、ロシア系マフィアの噂もある。ネットの情報によると、ソ連崩壊以降、小国が国を挙げて犯罪組織を運営するケースが増えているそうだ。

そして彼女のまとう魔力は、前の世界で会った、妖精種族であるエルフやドワーフに近い。

「……半分だけね。純粋な妖精からは疎《うと》まれるし、人の世界では上手く生きていくのが難しいのよ。こんな仕事でもしないとね」

「それで、そんな難しい人が？」

「からかわないで、貴方《あなた》ほど複雑じゃなさそうだから。それに話は簡単な事よ、この件からどうやって手を引いたらいいか、それを聞きに来ただけ」

彼女の事情までは理解できないが、この組織が求めていることは分かる。盗賊ギルドや暗殺ギルドとの取引と同じだろう。

日本で活動の保証をしていた佳死津一門が、この件から突然手を引くと言う。加奈子ちゃんの話では、既にいくつか物件は押さえたようだし、弟が務めている地元のグレーな開発業者にも既に資金提供した後だろう。

しかも下神一派とは事を構えている。この企業の戦力がどこまでのモノか分からないが、ただで済むとは思えない。

その落とし前をどうつけるかの話だ。


「あなたのビジネスはこのまま進めても収益を生む状態ですか」

「そうね、温泉関係は欲しがる開発業者が多いから何とでもなるし、既に買収はほとんど終わってるわ」

「商店街は？」

「佳死津の連中からここのお姫様を追い出してほしいって、急《せ》かされてただけで、こんな使いみちのない商店街を引き取っても、大したお金にならないわよ」

――なら、話は早い。

「じゃあ下神一派からの攻撃があれば、佳死津に代わって俺があなたたちを守ります。ビジネスに関しては、この店を見逃してくれれば、あとはお任せします」

「あら、正義の味方はすべての人を救おうとするんじゃないの？」

「残念ながら、正義の味方じゃないので」

街が移り変わってゆくのは少し寂しい気がするが、経済的な理《ことわり》だろう。

それにつべこべ言う気はない。むしろ温泉街が活性化すればここも潤うかもしれない。しかし、この店の問題は俺が責任を持つと言った人々の範囲の中。信念を通す場所だ。

パッツキンさんは、少し悩むようなそぶりを見せ、

「じゃあ、ビジネスパートナーとしての保証をちょうだい。あなたと取引するのは初めてだから、こっちも不安なのよ」

ゴージャスなブロンドをかき上げ、俺の顔を色っぽい顔で見上げる。

ここで言う保証とは、きっとお金のことだろう。彼らは「信用」とか「保証」とか「恩」とか、いろいろな名称でお金を呼び、言葉を濁しながら取引を行う。

もう一度ネットで検索すると、リトマンマリ共和国はレアメタルを中心とした輸出で経済を支えていた。おまけに彼女の魔力波長はドワーフに近い。見た目はエルフのようだが……きっと鉱物を見分ける能力があるはずだ。

「これの換金はできますか」

俺は収納魔法から、異世界で屑鉄《くずてつ》同様に扱われていた金属の粒を取り出す。日本に転移を決めた時に集めた物のひとつだ。

パッツキンさんはそれを手に取り、魔力を集中させ、

「可能だけど、条件は？」

笑顔を崩さず俺を見つめ返す。やはり、異世界で出会ったドワーフと同じで、鉱物の分析ができるようだ。

俺の鑑定では、不純物も多いが、この鉱物には白金《プラチナ》が含まれていた。

今ネットで検索してもグラム単価四千円を超えているから、手数料を引いても三千円。含有率は半分程度だから、キロ当たり百五十万円にはなるだろう。

俺は同じものを五キロ取り出して、テーブルに並べる。

「五十で引き取ってもらえませんか」

これなら七百五十万円を五十万円で売ることになる。

「五十？」

するとパッキンさんは、美しい両目を見開いてその鉱物の山を見た。

「たしかここの評価額が、その差額で相殺できるはずです。それを保証料として収めましょう」

加奈子ちゃんは地上げ屋に、七百万円で立ち退けと言われたそうだ。まだお金をもらってないらしいが、押し付けられた契約書は持っていた。

その金額を迷惑料として納めれば、この店に手を出さない条件として、十分に釣り合うはずだ。

パッキンさんはテーブルの上の鉱物をもう一度魔力で調べて、後ろの黒スーツさんを呼び、スマートフォンを取り出して、何やら確認を始める。

「ず、随分と気前が良いのね」

そして、なぜか少し言い淀みながらそう答えた。

この規模のマフィアにとって、数百万程度は大した額じゃないだろうに。しかしこの手の取引は、押しどころで押さなきゃいけない。

盗賊ギルドや暗殺ギルドも、取引相手の足元を見て、態度をころりと変えることが多かった。

「その程度は俺にとって、はした金なので。それに昨夜のようにあなたたちに迷惑をかけたくない、これからは同志になるのですから」

俺が念押しで……素顔で微笑みかけると、パッキンさんは整った顔を引きつらせながら、ゴクリとつばを飲み込んだ。そのおびえたような表情は、ちょっとエロくて来るものがある。

「わ、分かったわ、そ、それじゃあ書類と金を用意する。それから五十は何処に振り込めば……」

「現金で頼めますか」

今後手元に現金があれば助かるから、そう言ってみたが、

「いや、さすがに……それに、洗うのにも時間がかかるわ」

またおびえられてしまった。しかし、お金を洗う？

俺が首をひねると、パッキンさんは大型獣に睨まれた小動物のように、ブルリと震え上がる。

「し、失礼な事を言ってしまったようね。そ、そ、そうね、あたしたちの組織力を試しているのかしら……だったら心配しないで。今すぐ手持ちを集めて、書類もすぐ持参する。残金も数日中には耳をそろえるわ」

おびえさせ過ぎるのも逆効果だが、まあ、やってしまったものは仕方ない。だからいつもの作った表情で笑いかけると、もっと引かれてしまった。

「もちろん大丈夫ですよ」

パッキンさんは俺の言葉に頷くと、テーブルの上の鉱物を大切そうに持ち出して、急いで去って行く。翻訳魔法も調子が悪いのかと首を傾げていると、麻也ちゃんとメイド服を着た猫が、心配そ

うにのぞいていることに気付いた。

「また来るって」

俺が笑いかけると、「ご主人様、カッコ良かったですー」「何話してたのよ、言葉も分かんなかった」そう言いながら、二人がカウンターに来たので、猫の今後について話し合う。

「猫を収納魔法の中にずっと閉じ込めておくのは可哀そうだから、自由に外に出られる扉を作ろうか」

「どこに？　ママに見つかったら説明に困るし、店先で猫なんか飼えないわよ」

「なら俺が借りてる部屋の中に……」

「それこそ不安よ、またさっきみたいな事があったら嫌だからね」

どうやら、麻也ちゃんはまだお怒りのようだった。

仕方がないので店の中に捨ててあった段ボールで、屋根と出入口をつけた小さな小屋を作り、そこに収納魔法を繋《つな》げる。

「なら、これを外にでも置いとくか。一応雨風防げる魔法をかけておいたから」

「ご主人様、あたし犬じゃないので、さすがにちょっとそこから出入りは……」

しかし猫からダメ出しを食らってしまった。イメージは犬小屋じゃなくて、お城だったのに。

「仕方ないなー、その小屋あたしの部屋に置いとくわ」

「えっ、その段ボールの犬小屋、決定なんですか？」

しばらくそんな話をしていると、急ブレーキの音が聞こえ、黒塗りの車が店前で停止した。

時計を見ると、あれから一時間と経《た》っていない。

「どうぞこちらを」

店の中に旅行鞄《かばん》のような大型スーツケースを運び込んで、黒スーツさんが深く頭を下げる。俺がそれっぽく頷くと、黒スーツさんは冷や汗を流しながら無言で去って行った。

しかしこれ、何が詰め込まれてるのだろうと、スーツケースを開けると……ギッシリ詰まった一万円札と、温泉旅館や商店街の土地や建物の権利書があった。

「はて」

俺が首を捻《ひね》っていると、手書きの書類が見つかり、

『50億円の前金として1億円、および購入済み温泉街の権利書と商店街の権利書一式、残りの必要書類及び残金は近日中にそろい次第』

そんな走り書きがしてあった。

「あああ、あんたまた何したの！」

あふれる札束を見て、麻也ちゃんが叫ぶ。

そう言えば、五十の下の単位を「万」とも「億」とも言って無かった。そうなると、あの鉱物の不純物が何だったのか心配でならないが……。

まずはこの金と権利をどうするべきか、頭が痛かった。

×　×　×　×　×

リトマンマリ通商会のアリョーナさんと、例の取引をしてから半月が経った。

アリョーナさんに五十億円の受け取りを断ったら、

「さすがにそれは出来ないわ。あの鉱物の売却益は三百億を超えたし、ここでかかった費用は百億もないのよ。本部からは上乗せの指示も出てるし、こちらにもメンツがあるからね」

――やはり、受け入れてもらえなかった。

心配していた不純物はプラチナに類似した金属だそうだ。世間にはまだ発表されていないが、環境汚染を正常化するための触媒として注目されているらしく、多くの国や企業が奪い合っていて、高値で取引されているらしい。

なら、無理に鉱物の回収をする必要もないだろう。収納魔法の中には、まだ百キロ以上同じ鉱物が残っているし。

麻薬や兵器に利用されるようなレアメタルじゃなくて良かったと、胸をなでおろしたら、

「うちは薬にも武器産業にもノータッチなの。仕事柄多少の武力は必要だけど、そもそも内戦や他国との争いで疲弊した祖国を、経済的に救うのが使命だから。いつか戦争なんて、この世から無くなってしまえば良いのにね」

アリョーナさんは苦笑いした。

こちらには見回りとして毎朝顔を出しているが、今のところ下神からのアクションはない。アリ

ヨーナさんとお茶を飲みながら、いつも世間話をしている。

問題があるとしたら、俺が帰るたびに、玄関ホールで黒スーツさんたちが全員そろって整列し、「お疲れさまでした！」と、大声で深く頭を下げることぐらいだ。

昼下がりには温泉稲荷に行く。千代さんの話では「何度連絡しても、ちゃんとした回答が返ってこなくて……」らしい。対話で丸く収まればと考えてたけど、どうやら上手くいきそうにない。アリョーナさんの件も含め、下神の沈黙が不気味だ。

この世界で目立ちたくない俺としては、話し合いでなんとかしたいところだが……今は、やれることはやっておこうと、社の警備強化にも力を入れている。

阿斬さんと吽斬さんと歩兵《ポーン》の連携は日に日に向上し、異世界の上級冒険者パーティーでも簡単に侵入できないレベルまで達し始めた。

魔術結界も作り直した。

僧兵《ビショップ》を利用して新造した刀と配置した二枚の戦闘馬車《ルーク》は、温泉から湧き出る魔力を利用して、より強固な働きができるようになった。これなら異世界最強と言われる、帝都城の結界にも引けを取らない。

数万の魔族軍が攻めてきても、びくともしないだろう。

千代さんが襲撃で受けた傷も随分と癒えたようで、今は妖狐族に伝わる術と、俺の知る魔法との情報交換をしている。

「御屋形様からは受け取るばかりで」

たまーに千代さんがそんな事を言いながら、大きすぎる胸をボヨンと押し付けてきて、色っぽく迫ってくるのが悩みと言えば悩みだが。

そして最大の収穫は猫こと春香だろう。

春香という名前は自分でつけたそうだが、気に入っている名前らしいので、最近はそう呼んでいる。春香は俺のテントを改装した部屋に、麻也ちゃんから借りたゲームや漫画を持ち込み、すっかりひきこもり生活を満喫していたから、訓練だと言って魔法を叩きこんでいる。

しかし……。

「ご主人様！　空を飛べるようになりましたー。この世界じゃあ、こんな術使える人、いないんですよ！」とか、「式神に爆炎系魔法を付加できました！　これで封印だけじゃなくて、攻撃も可能ですー」とか、「自在にスカートの長さが変えられるようになりました！　これでご主人様といるときだけの、パンチラミニスカ・バージョンに変身できますー」とか……。短期間でグイグイ実力を上げて行った。

俺が使役したせいで魔力が上乗せされたのが原因だろうが、春香の元々のセンスによるところも大きい。今は僧兵《ビショップ》だが、ランクアップも考えなきゃいけないかもしれない。

春香の問題は、夜な夜な俺の布団に侵入してくることだ。

「習性なんですー、ご主人様」

尻尾が二本ある黒猫がすやすや眠る姿は可愛いが、一度寝返りしてつぶしかけたら「ふぎゃふぎゃふぎゃー！」と、大きな叫び声と同時に人化して、全裸の美少女が目の前に現れたことがある。

「あははっ、ごめんなさい」

さすがに春香もまずいと思ったのか、すぐ黒猫に戻ったが……ツンと上向きの形の良い胸が、しっかりとまぶたに焼き付いてしまった。

それ以来部屋周りに結界魔法を仕込んだが、入れないと分かってしょんぼりする黒猫をサーチすると、やはり可哀そうになり、ついつい何処かに進入路を作ってしまう。

聞けば猫時代何度も捨てられ、人になってからも下神に道具のように使われていたようだから、きっとぬくもりに飢えているのだろう。

まあおかげで侵入スキルも向上してるし、これはこれで仕方がないと諦めている。

加奈子ちゃんには月々決まった額の生活費を手渡すことにした。はじめは断られたが「仕事のような物も始めたし、加奈子ちゃんの負担になりたくない」と話したら、何とか納得してくれた。

元気になってから何度も誤解を解こうと話しかけたが、「もう少し待って、気持ちの整理に時間がかかっちゃってて」と、いつもこそこそと逃げて行く。

時折ぼーっとしながら、何かを考えているのが心配で……ある日、強引に話しかけようとしたら、突然現れた闇の女王《クィーン》に後ろから引っ張られた。

「ダーリン、焦っちゃダメだよ。この問題は、慎重にならないと」

「何のことだ？」

妙に心配そうな闇の女王《クィーン》に、そう問い返したら。

「まだダーリンの心が、上手く修復されてないんだ。慌てないで、どうしてこの世界に帰りたくなったのか、ちゃんと思い出して。そうすれば、きっと上手く行くから」

――そんな事を言われた。

異世界にいた頃、まるで病のように、猛烈に日本が懐かしくなることがあった。闇の女王《クィーン》とは一度『記憶の共有』をしたことがあるせいか、その度に心配されたが……。

「それと加奈子ちゃんは、関係ないだろう」

そう答えたら闇の女王《クィーン》は少し悲しそうに微笑んで、姿を消してしまった。


麻也ちゃんはいつも元気で、最近は毎晩俺の部屋で勉強している。

それほど成績は良くなかったそうだが、コツをつかむとグイグイ伸びるタイプで「何だか今度の期末テストが楽しみかもしれない！」と、今では勉強を楽しんでいる。

それから高校では、『春香ロス』と呼ばれる問題が深刻らしい。

「あいつ八方美人であの顔だからさ、男女ともに人気があって。あたし好きじゃなかったけど、転校しちゃって寂しいって子が、多くてさ」

どうやら下神一派は、春香を転校したことにしたようだ。春香の話では「麻也とあたしで高校の人気を二分してたんですよー」らしいが、その為周囲に派閥のようなものができてしまって「なかなか近付けなかった」そうだ。

しかしどこか似たもの同士のようで、麻也ちゃんが漫画やゲームが好きで、春香もそれに興味があったらしく、今では二人でよくゲームをしている。

仲が良い美少女を眺めるのは、正に至福のひと時だ。

今も麻也ちゃんに数学を教えているが、相変わらず下着同然の格好でいるから、いろいろと困る。

「ねっ、ここどうすんの」

「それはさっき教えた公式を当てはめれば……」

「あっ、そっか」

近づくたびにボヨンと大きなふくらみが当たるし、健康的で躍動感にあふれる手足は、さらけ出されたままだ。今日は首回りが大きく開いたシャツから、胸の谷間がしっかりと観測できる。ぶつかる感触やブルンブルンと揺れる動きから、ブラジャーをしているかどうかも怪しい。おまけにショートパンツを穿いて行儀悪くあぐらをかいているから、ピンクのパンツが見えちゃっている。

信用してリラックスしてくれるのは嬉しいが、はてさてどうしたものか。俺がヤレヤレ系主人公よろしく首を左右に振っていると……。

店番のチャイムと共に、事態が動き始めた。

加奈子ちゃんの叫び声に慌てて向かうと、店先に男がひとり倒れていた。よく見ると服はあちこち引き裂かれ、焼け跡や血の跡もあり、おまけにヅラは半分外れかけている。

「た、タツヤ君！」

「大丈夫か」

駆け寄って声をかけると、

「会社が突然化け物の大群に襲われた……応戦したが、あんなもの、何とかなるものじゃねえ……なんの義理もねえ赤の他人に、こんなこと頼めねえのは重々承知だが、あんたなら何とかできねえか……頼む、俺の仲間たちを助けてくれ」

温泉稲荷やリトマンマリ通商会には、結界や監視魔法を展開していたが、リュウキが勤めている地元の開発会社はノーマークだった。俺は自分のうかつさに奥歯をかみしめながら、リュウキの状態を確認する。

「しっかりしろ！」

相当抵抗したのだろう、腕や腹部を中心に怪我《けが》が多く、アバラも数本折れている。そのうち一本が肺に損傷を与えていて、予断を許さない状況だ。

何とか苦手な回復術を駆使して、応急処置を行う。

「加奈子ちゃんは危ないから、奥に隠れていて」

派手な魔法を駆使すれば、加奈子ちゃんの目に悪影響を及ぼしかねない。そうなれば、後々の説明も厄介だ。

「う、うん。警察や消防は呼んだ方が良い？」

一般人の巻き込みを恐れて、俺が言葉に詰まると、「麻也やタツヤ君や千代さんが、何かあたしに隠してるのは気付いてた。それを聞く勇気と、あの人の死の真相を聞くのが怖かったの……でも、あたしもう逃げない」そう言って、加奈子ちゃんが力強い視線で俺を見つめる。

泣き出しそうな加奈子ちゃんの瞳を見ていたら、そろってはいけないパズルのピースが、頭の中で組み立てられたような、そんな違和感が胸を突く。

吐き気にも似た不快感に身が震えると、心の中で闇の女王《クィーン》の声が聞こえた。

「頑張って、ダーリン」

まだ、その違和感の正体が分からないが……。

師匠の言う「尊い小さな幸せ」の意味や、俺が本当に日本に帰りたかった理由が、垣間見えたような気がした。

なら、俺も覚悟を決めなきゃいけないのだろう。大賢者としての直感が、前へ進めと訴えかけてくる。あの異世界での修行の日々が、この時のためにあったような気さえした。

加奈子ちゃんやリュウキのためにも、麻也ちゃんや千代さんのためにも。

――そして、自分のためにも。

「ごめん、今まで黙ってて」

応急処置の終わったリュウキを抱きかかえて、店内に運びながら、

「詳細は後でちゃんと話す、今は急がなきゃいけないようだ」

俺は収納魔法を開き、師匠から譲り受けた漆黒のローブを羽織る。

加奈子ちゃんは小さな息を吸って両手を口に当てたが、

「誇り高き龍の王よ、盟約に従い……俺に力を貸せ！」

ローブをひるがえしながら声を上げると魔力が満ち、加奈子ちゃんの指が輝く。

「この家と彼女を頼む」

龍王《キング》の気配が家全体を覆った事を確認し、改造スマートフォンで千代さんを呼び出す。

「何でしょう、御屋形様」

「悪党どもの宴が始まった、守りを固めてくれ。それから怪我人を複数搬送しても構わないか」

「――御意」

千代さんの声に、俺は展開していたスマートフォンを収納する。

そしてリュウキを、温泉稲荷に転移させようと近づくと「兄貴、ごめん……悪かった……」と、そんなうめき声を上げた。まだ俺のことを兄だと認識していないようだが、少しずつ何かに気付きつつあるのだろうか。

――手のかかる、幼かったころのリュウキがふと頭をよぎる。

心の中の違和感が増し、吐き気と震えに襲われたが、

「安心しろ、あとは兄ちゃんに任せとけ」

俺はリュウキの頬を撫でた。

するとリュウキの苦悶《くもん》に歪んでいた顔が少し安らぐ。ヅラをちゃんと直し、転移魔法で千代さんのもとにリュウキを送ると、加奈子ちゃんが近付いて来た。

「タツヤ君、あなたはいったい……」

揺れる加奈子ちゃんの瞳をのぞき込み、もう一度、決意を固める。

そして今、名乗るべきは、異世界で得た真名《まな》だろう。

「俺は……賢を極めしケイト・モンブランシェットの弟子にして、その業《ごう》と意志を継ぎし者。大賢者サイトーだ」

そう答えて加奈子ちゃんに背を向けると、愚者たちが踊る月夜に向かって、俺は走り出した。

第三章　聖者は悲しみを胸に秘める

商店街の表通りを駆け抜けながら、改造スマートフォンで、リュウキが勤めていた開発会社の正確な位置を検索する。

「転移……いや、この距離なら時間的に飛行魔法でもさほど変わらないな」

転移魔法は最短で移動できるものの、出現した瞬間がどうしても無防備になる。異世界では、わざと転移させてカウンターを仕掛ける戦法はよく使われた。

「この世界の魔法でそれが可能かどうかわからないが、慎重にいくか」

そうなると問題は、後ろからついてくる二匹の獣だが……。

「麻也《まや》ちゃん、春香《はるか》、危険だからついて来るな」

前を見たまま叫ぶと、

「イヤだからね」「ご主人様とは一蓮托生《いちれんたくしょう》でーす」

二人の素敵なお答えが返ってきた。

振り返るとメイド服を着た春香と……一応パーカーを羽織っているものの、ボヨンボヨンと大きな胸を揺らして走る、麻也ちゃんがいる。

そんな防御力のない装備では無謀だ！

もう、いろいろとはみ出しちゃいそうで危険極まりない。

「麻也ちゃんは、加奈子《かなこ》ちゃんを守ってくれ」

「あの龍神《りゅうじん》様の結界を破るようなやつが現れたら、あたしなんか太刀打ちできないわよ。それにあんたは治療術が苦手なんでしょ、あたしは叔母さんの一番弟子だから……お願い、連れていって！」

「なぜだ」

たしかに回復魔法が使える人材がいれば助かるが、麻也ちゃんを危険にさらしたくはない。それに同行したがる理由が分からなかった。

「春香や叔母さんから話は聞いたし、あんたの動きを見てたらだいたい分かるから。パパを殺した相手……ママやあたしを苦しめてきた敵がいるんでしょ」

並走してきた麻也ちゃんの顔をのぞき込む。決意に満ちた瞳は、もう子供じゃなかった。

「分かった、だけど俺が危険だと判断したら、すぐに収納魔法に押し込めるか転移魔法で加奈子ちゃんの所に戻すからな。それからそんな装備じゃ、戦場は無理だ」

麻也ちゃんが俺の目を見つめ返して頷《うなず》く。

「春香、飛ぶから追走できるか」

「任せて、ご主人様」

「麻也ちゃん、俺に掴《つか》まれ」

手を差し伸べると、麻也ちゃんはしっかりと握り返してきた。

俺は春香と麻也ちゃんをシールドで保護して、一気に百メートル上空までジャンプする。

「うそっ、なにこれ」

「龍王《キング》ほど上品に飛べないからな、しっかりと掴まってろ」

麻也ちゃんが俺にしがみ付くと、大きな二つの膨らみがグニャリと形を変えて押し付けられる。

その感覚は間違いなく……ブラジャーをしていない。

「誓いに基づき、この者に我が衣をまとわせろ！」

あまりにも危険だったので、急いで装備をまとわせる。そして眼下に広がる街並みを確認して目的の雑居ビルを見つけると、

「戦闘があったようには見えないが……」

そのビジネス街は普段の装いを崩しておらず、帰宅を急ぐ会社員や通勤渋滞に巻き込まれてノロノロと走る車の列が見えた。ビルを確認しても、焼け跡ひとつない。

俺が首をひねると、

「微《かす》かにですが、下神《しもがみ》が得意とする結界が見えます」

春香が近付いてきて指をさす。

サーチ魔法を展開してビルを調べると、たしかに結界魔法が感知された。

「ありがとう春香」

「ご主人様、それで作戦は？」

結界魔法は、そのビルの最上階を中心に展開されていた。その周辺の守りが一番堅そうだが、リユウキが勤めている会社もそのフロアにある。

「あの魔力が集中している場所に、まず俺が飛び込む。春香は俺の後ろで待機」

「正面突破ですか？」

「緊急事態だし、手っ取り早いだろ」

俺は魔力感知を避けるために、飛行魔法を解除して、麻也ちゃんを抱きしめる。

急速な落下感に麻也ちゃんは目を丸くしていたが、春香は俺の背にピッタリとついて「きゃほーい！」と、楽しそうな声を上げた。

そしてビルにぶつかる瞬間、最小限のシールド魔法を展開し、落下速度を加えた自分の体重で屋上を突き破る。最上階のフロアに降り立つと、衝撃音と破ったコンクリートの破片が飛び散る音が響いた。しかしあれほど派手な音を立てたのに、いくら待っても、人ひとり現れない。

静まりかえった廊下には、各会社のプレートが貼られた扉がずらりと並び、どの部屋からも明かりが漏れていない。窓際の真っ直《まっす》ぐな廊下の天井の蛍光灯も消え、突き当りのエレベーターホールの明かりも消えている。ただ避難経路の誘導灯が、ぼんやりと輝いているだけだった。

「麻也ちゃん、大丈夫？」

そっと手を放して確認すると「驚いたけど大丈夫、でも……これは」と、とても辛《つら》そうな表情でうつむく。

やはり戦闘は無理かと心配になると、

「この格好は、ちょっと、耐えられない」

麻也ちゃんは小さく身体を震わせながら……ルーズソックスの上にある、セーラー服のミニスカートを握りしめた。

結局麻也ちゃんも春香と同じメイド服になってもらう。

――やはり俺の青春は、ここでも帰ってこないようだ。

春香より背が高いせいか、スカートがより短く感じるし、胸も大きいからエプロンドレスに包まれた胸元が凄《すご》いことになっている。見ようによってはセーラー服よりエロいが「まあ、前よりましね」と、ボヨンボヨンのエロメイドさんはそうおっしゃった。

「とにかく急ごう」

俺が麻也ちゃんの揺れる胸元から何とか目をそらし、『明るい都市計画』と書かれたプレートの前に立つ。それがリュウキの勤め先だが……。

会社のマスコットか何かだろうか？　どう見てもアレにしか思えないキャラクターが、下品に笑うイラストが扉に描かれていた。

――リュウキはいったい何処《どこ》に向かっているのだろう。

いろいろと突っ込みたい衝動を抑えて扉をそっと開けると、異世界で嗅ぎなれた臭いが鼻を衝《つ》く。後ろにいた春香の目元が鋭くなり、麻也ちゃんも眉根を寄せた。

「二人はそのまま待機してくれ、まずは俺が様子を見る」

姿勢を屈《かが》め扉の隙間から身体を滑り込ませると、オフィス内には、小さなうめき声と血の臭いが充満していた。

受付カウンターの下には、倒れ込んだまま、浅い呼吸を繰り返す巫女《みこ》服の少女がひとり。サーチ魔法を展開しても敵の気配が感じられないので、俺は光魔法で部屋を照らしながら、負傷した少女に近づく。

「麻也ちゃん、春香！　手伝ってくれ」

確認すると、スーツ姿の会社員が十数名、巫女服の女の子が数名倒れ込んでいる。

「そんな！」

「ちっ、逃げた後ですか」

「まだ全員息がある！　転移魔法を開くから応急処置が済み次第、怪我人《けがにん》を『温泉稲荷《いなり》』へ送ってくれ」

俺の指示に麻也ちゃんと春香が部屋の中へ走り込む。怪我の具合がひどい人間を麻也ちゃんが回復魔法で癒し、軽い症状の人間には春香が拘束魔法を応用した止血処置などを行って、順に転移を始める。

特に指示は出さなかったが、二人のコンビネーションは的確でスピーディーだった。俺も苦手な回復魔法を使いながら、怪我人を搬送する。スーツ姿の人間は異世界で見覚えのある、爪や牙に引き裂かれたような跡があり、巫女服の少女たちには銃弾の後があった。

二人が怪我人の搬送を終えると、部屋に残ったのは三人の巫女服美少女。

「ご主人様、この娘たちは……」

春香が少女たちを、悲痛な面持ちで眺めた。

「お前と同じ自爆術式が仕込んであるな。俺が解除したらすぐ稲荷へ転移してくれ」

「敵ですが」

「美少女は問答無用で助けるのが、俺の主義だ」

春香は嬉《うれ》しそうに微笑《ほほえ》み、麻也ちゃんはあきれたようにため息をつく。

麻也ちゃんがもう応急処置を終わらせていたようだから、順番に巫女服に仕込まれていた自爆術式を解除していったが……ひとり、春香と同じように、心臓の上にも自爆術式が仕掛けられている少女がいた。

「この娘レイナって言って、鬼族とのハーフなんです」

春香と麻也ちゃんが心配そうに、俺の横に歩み寄る。その少女の頭上には、栗色《くりいろ》の美しいロングヘアで隠すように、小さな角が二本あった。

どうやら下神は妖《あやかし》の反撃を恐れて、春香のような少女たちには、直接体内にも自爆術式を仕込んでいるようだ。

「俺の声が聞こえるか」

抱きかかえると、大きなブラウンのつり目を開き、コクリと頷く。

その瞬間、カチリと音がして胸元の魔力が向上した。角を持つ巫女服の少女は、何かに気付いたのか小さく震えたが、

「動かないで、キミに仕掛けられた自爆術式をこれから解除する」

そう伝えると、俺の目を見て、

「お、お願い、た、助けて」

途切れ途切れの言葉をもらした。

「もちろんだ、安心しろ。このまま視線を外すな、そこから術式を読み込んで、心臓に仕掛けられた爆破魔術を外す」

右手を心臓の上に乗せたが、巫女服が邪魔をして式まで手が届かない。どうやらこの服は、術の解除を妨げる仕様にもなっているようだ。

悩んだ末、衿《えり》からそっと心臓の上に向かって手を伸ばす。何故《なぜ》かブラジャーをしていないせいで、ダイレクトに胸に触れてしまったが、なんとかひとつひとつ解読して指を動かすと……。

「んっ、んっ」「あっ……はぁん！」

春香より大きくて弾力に富んだ胸は、俺の作業をより難儀なものにした。途中、ポヨンとかプニッとかの感覚や、妙に色っぽい美少女の悶《もだ》える顔が集中を妨げる。

弾力があり、吸い付くようなきめ細やかな肌も、俺の思考を狂わせた。

――くそ、相変わらずなんて卑怯《ひきょう》な魔法なんだ！

俺は心の中で、いろいろな意味で悪態をついた。

「もう少しの辛抱だ」

最後の爆発コアまで手が届き、俺がそれを指先でつまんで引き抜くと「あっんん！」と、鬼娘が大きく身体を震わせる。

どうやら今回も、ギリギリのところで解呪に成功したようだ。

「あ、ありがとう」

少女が俺の首に手をまわしてしがみ付き、何度も小さなけいれんを繰り返す。顔つきは春香や麻也ちゃんと同じぐらい幼かったが、身体はボンキューボンのダイナマイト仕様で、ムニュムニュといろんなものが当たって居たたまれない。

「後はお稲荷さんで治療を受けて。そんなのにしがみ付いていたら、もっと変な呪いに掛かっちゃうから」

麻也ちゃんが俺たちを強引に引き離すと、鬼娘はせつなげな表情で手を伸ばしてきたが、

「良かったね、レイナ！　後は心配しないで」

その手を横から春香が握りしめ……麻也ちゃんと二人で、転移魔法の入り口へ連行して行った。

「なあ春香、うち鬼族の血も入っとるから、ここまで回復したら普通に動ける。もうちょっと余韻を、せめてあのイケメンと仲ようなれるチャンスを……」

そんなせつない声が聞こえてきたが、春香も麻也ちゃんも、悩まず鬼娘を転移魔法に放り込んだ。

俺は手に残る素敵な感覚を何とか振り払い、「下神のやつら、やはり許せん！」と、決意を新たにしたが……。

二人はなぜか、冷めたジト目で俺を眺めた。

× × × × ×

千代さんに通信をつなげると「御屋形様、搬送された怪我人は応急処置もたしかでしたから、朝には完全に回復できます」と、おっとりとした声が聞こえてきた。

「襲撃は？」

「どうやら数百規模の魔物が襲って来ているようですが……その、御屋形様の結界に傷ひとつ付けられてないようです。阿斬《あざん》と吽斬《うんざん》も、手持ちぶさたにしております」

俺は魔物の形態を千代さんに確認して、通信をリトマンマリ通商会に切り替えた。しかしこちらは、何度コールしても出ない。

念のため龍王《キング》に仕掛けておいた通信に切り替えると「ンギャ、ンギャギャ、ギャーギャー」と、そんな回答が返ってきた。

「ママは大丈夫なの？」

「問題ないようだな、何か来たかもしれないが、適当にあしらっておいたって、ギャーちゃんが言ってたから」

「ねえ、ホントに意思疎通できてるの？」

麻也ちゃんは首をひねったが「ご主人様、何だか素敵ですー！」と、春香は目を輝かせた。

「それより現状の整理だな」

俺は会社の惨状をひとつひとつ確認する。机や椅子やパソコンが飛び散り、銃弾や剣の戦闘跡があちこちにある。床には乾いた血の上に、大型の魔物の足跡や軍靴の跡が残っていた。

「下神に、剣や魔獣を使う術者はいるのか」

春香に聞くと「んー、刀を使う術者や霊獣を使役するやつはいるけど、この切り傷や足跡は違うような?」と、不思議そうに首をひねる。

「やはりそうか」

「ねえ、どゆこと」

麻也ちゃんが口を尖《とが》らせた。

「千代さんにも確認したし……この爪や剣の跡、それにこの軍靴の跡は、間違いない。襲ってきたのは、俺が良く知っている魔族軍だ」

「まさか……」

「スマートフォンの件もそうだが、もうここまでくれば、異世界とこの世界が、何らかの形でつながってると考えるべきだろう。そして下神はやつらと組んでいる」

「そんな。じゃあ、連絡が取れないマフィアさんの会社に急がなきゃ」

たしかにその通りだが、ここまであからさまに証拠を残されると、何かが引っ掛かる。

「同時攻撃のメリットは、敵の動揺を誘って判断を鈍らせたり、戦力を分散させたりすることだ」

俺は麻也ちゃんと春香を見ながら説明する。

「リトマンマリ通商会を襲っても、下神に何のメリットもない。やつらが欲しいのは、加奈子ちゃんの瞳と千代さんの能力だ」

敵はまずリュウキを使って俺をここにおびき寄せた。この現状だと戦力差は圧倒的だから、わざとリュウキは逃がされたと考えるべきだろう。

そして使い捨ての巫女服美少女や、このオフィスの職員をわざと半殺しで放置した。

加奈子ちゃんと千代さんを同時に狙ってるが、そちらは俺の防御壁を突破できていない。

いや、そもそも突破を狙っていないのかもしれない。そうなると……。

「はいはいはーい、先生！　もう謎だらけで言ってる意味が分かりません」

黒い猫耳をピクピクさせながら、春香が元気よく手を上げる。

「つまりこの同時攻撃の狙いは、加奈子ちゃんでも千代さんでもなくて、俺なんだ」

そう言うと、春香も麻也ちゃんも同時に首をひねる。

「今、龍王《キング》と戦闘馬車《ルーク》二枚、僧兵《ビショップ》一枚が、俺の手元にない。思い返すと、この作戦を練ったやつは、初めから消耗戦を仕掛けていたようだ」

相手が俺の戦力を知っているなら、なかなかの戦略だが……。

「しかしそれならなぜ、闇の女王《クイーン》も落ちる作戦を立てなかったのだろう？」

俺は腕を組んで首をひねった。

これだけ用意周到な黒幕が、龍王《キング》と並ぶ俺の最大戦力を、無視する理由が分からない。仕方なく闇の女王《クイーン》の駒をポケットから取り出して、指ではじく。

「ダーリンやっと呼んでくれたね、で、あたいに何の用かな？」

するとチェーンや革ベルトで身体中を拘束した、七～八歳にしか見えないピンクのロングヘアの幼女が現れる。

「あっ、児ポ法幼女！」

「誰よこれ？」

春香と麻也ちゃんが顔をしかめたが、闇の女王《クイーン》は我関せずとばかりに、俺の脚にしがみ付く。

「話は聞いていただろう、お前はどう見る」

「そうだね、ダーリンの読みは当たってるんじゃないかなー。きっとそのお相手さんは、あたいを舐《な》めてんだよ。ほらほら魔王討伐の三年間、アンジェとかいう聖女を守るために、あたいの拘束を外したことがなかったじゃないか」

白魔術の聖女に、闇の女王の力は毒だ。だから強すぎる闇の女王《クイーン》を制御していた。フルパワーの闇の女王《クイーン》に近付いたら、あの聖女の力は一瞬で消えてしまっただろう。

「なるほど、それじゃあ下神の後ろにいるやつは、俺がここ三年で出会ったやつってことだな」

その頃の記憶を思い出しながら、次の一手を考える。

「ならまずお前の拘束を解いて、こちらから奇襲をかけてやろう」

春香と麻也ちゃんが顔を見合わせた。

「行き先はリトマンマリ通商会だ。この考えが合っていれば、下神のボスも、裏で操ってるやつも、そこにいる」

「どーしてですか」

今度は麻也ちゃんが狐耳《きつねみみ》をピンと立て、元気よく手を上げた。するとブラジャーをしていない胸がボヨンと揺れる。怪我人の搬送で動いたせいかエプロンドレスの胸元が肌に張り付いて形もハッキリと分かり、もういろいろとアレでコレだ。

あの形状は加奈子ちゃんの芸術的な上向きおっぱいと、千代さんの張りのあるおわん型おっぱいの、良い所取り形状なのだろう。

ついつい遺伝子学的思考に没頭しかけたが……。

「加奈子ちゃんと千代さんの襲撃が失敗していると知った俺が、この会社の惨劇を見て、怒り心頭でリトマンマリ通商会に現れるのを待ってるはずだ。しかも俺の戦力が落ちたスキを狙って、相手は最大戦力で打って出てくるだろう」

俺は何とかそこから目を離し、カッコ良くそう答える。

そして闇の女王《クィーン》に対し「闇を統《す》べし夜の女王よ、誓いの第三条に基づき、限定された力の開放を認める」と、呟《つぶや》く。

「限定かあ……で、何割出して良いのかな、ダーリン」

「二割だ」

俺は指を二本立てた。過去三年、闇の女王《クィーン》の力を二パーセント未満で制御していた。それを十倍に引き上げれば、奇襲として十分な効果が見込めるだろう。

「了解」

幼女が微笑むと、拘束していた鎖が一本シャランと音を立てて消える。

そして十七～十八歳ぐらいの姿で俺の肩に手をかけ、微笑みながら身体を寄せてくる。髪は血のように赤く染まり、紫水晶《アメシスト》のような美しい瞳と、唇からこぼれる二本の牙が妖艶に輝いていた。

「前回は失敗したからって、報酬がもらえなかったけど、今回はちゃんと弾んでよ」

「ああ、安心しろ」

室内に満ちた圧倒的な闇の女王《クイーン》の魔力に、春香は二本の尻尾を震わせてしゃがみこんだが、麻也ちゃんはその瞳を輝かせる。

――やはり闇属性か。

闇の女王《クイーン》がボヨンボヨンと胸をぶつけてくることに困りながら、麻也ちゃんの瞳をのぞき込んでいたら、

「あんたってやっぱり最低男なんだね」

その美しく闇に染まる瞳を、残念そうに、ゆっくりと閉じた。


「闇の女王《クイーン》、サクリファイスを仕掛ける」

俺が指示を出すと、闇の女王《クイーン》の魔力に圧倒されていた春香がやっと復活して「それって、どーゆー意味ですか」と、小さく手を上げる。

「直訳しちゃうと『献身』だけど、チェス用語では『自分駒を犠牲にして、より有利な状態に持っていく』ってことなの」

春香の隣に並んで座っていた麻也ちゃんが、突然話に割り込んで、説明した。麻也ちゃんはもう

チェスをしないそうだが、子供の頃におじさんとよく遊んだと話していたっけ。

「敵はこの場所とリトマンマリ通商会の距離が離れているから、俺が転移魔法を使うと考えているはずだ」

転移魔法は出口が先に発生するため敵に感知されやすく、しかも術者は完全に転移が完了するまでの間、魔術が使えない。

無理に使用すれば亜空間に閉じ込められるか、最悪『時の迷子』と呼ばれる、時間放浪者になってしまう。

「この場所にわざわざ呼んだのも、俺に転移魔法を使わせるための布石だろう」

リトマンマリ通商会は、隣接する他県の政令都市に、自社ビルを構えていた。

飛行魔法でも音速を超えれば、転移魔法とさほど変わらない時間で移動できるが、防御魔法をかけても、春香と麻也ちゃんがもたないだろう。師匠以外の人間が、生身で音速を超えるのは見たことがないからな。

「それを逆手にとって、初めに闇の女王《クイーン》がおとりとして転移して、集中攻撃を受ける。俺たちはその隙を突いて、安全に転移してから、奇襲を仕掛ける」

「でもそれじゃあ、闇の女王《クイーン》さんが危険じゃない」

麻也ちゃんが首をひねったが「あたいの肌にかすり傷でもつけられたら大したものだよー」と、闇の女王《クイーン》は楽しそうに笑う。

「それにこいつは、肉のひと欠片《かけら》でも残っていれば、その場で即再生する」

俺たちの言葉に、春香はまた震えあがったが「んー、イマイチ納得いかないけど……まあいいわ、で、あたしたちはどうするの」と、麻也ちゃんは口を尖らせた。

「闇の女王《クィーン》に攻撃が集中したら、別の場所に転移魔法の出口を開く。初めに俺が出て、その後に春香、麻也ちゃんの順で付いてきてくれ」

そして二人には、今回と同じように怪我人の応急処置と、搬送を行ってほしいと説明していると、

「なあダーリン、どうして回復魔法を使わないのだ？」

闇の女王《クィーン》が俺に抱き着きながら微笑んだ。

「やはりあれは苦手だ」

「まだ気にしてるのかー」

「理《ことわり》を曲げかねない」

「あたいはダーリンを愛してるし、後悔なんかしてないよ」

俺が苦笑いすると「何かあったの」と、心配そうに麻也ちゃんが俺の顔を見上げた。

「昔から上手《うま》く調整ができなくて、腰の悪いおばあさんを美少女に戻してしまったり、滅んだはずの伝説の魔女を、うっかり復活させてしまったり……」

「うん、もう大体把握できたかも。怪我人の治療は、あたしと春香と、叔母さんたちで何とかするから安心して」

麻也ちゃんはニコニコと笑って、小さく首を振った。

転移魔法を同時に二つ展開する。

「相変わらず器用だなー、ダーリンは。こんなことできるやつは、あのケイトのアホー以外知らないよ」

闇の女王《クイーン》は微笑みながら、敵に誤認させるために渡した、俺のローブをひるがえした。

「じゃあ場を温めて待ってるからなー」

そしてウインクしながら、ぴょんと転移魔法の扉に飛び込む。

俺はポケットから歩兵《ポーン》を三枚取り出して、指で弾く。

「闇の女王《クイーン》を頼む」

「あい」「あい」「さー」

空中で美少女人形に変化した駒が、急いで追いかけるように、闇の女王《クイーン》の入った転移魔法扉に飛び込んだ。歩兵《ポーン》に仕込んでおいた小型カメラの映像を、改造スマートフォンで受信し、麻也ちゃんや春香たちも確認できるよう、空中ビジョンに映しながらタイミングを計る。

百メートル上空からリトマンマリ通商会の自社ビルは、ここと同じように、通常の時の流れを営んでいたように見えたが、二つの物体が闇の女王《クイーン》に向かって飛んできた。

「何あれ、ミサイル?」

「しかも呪《しゅ》がかかってました」

映像を観ていた、麻也ちゃんと春香が声を上げる。

どうやら現代兵器に魔法を仕込むテクノロジーは、既に存在するようだ。闇の女王《クイーン》がそいつをかわすと空中で分解され、中から虫のような物が一斉に飛び出す。

「蜂式神です！　あれは強力な毒をもってて、それを倍増させる呪いも掛かってます！」

春香が心配そうに画面に近付いたが、闇の女王《クイーン》が軽く息を吐くと、全ての虫がその場で燃え上がる。しかし黒い煙が闇の女王《クイーン》の視界を覆い、第二第三のミサイル狙撃の的になってしまった。

初めのミサイルは、魔力探知対策の妨害《チャフ》のようだ。

「現代兵器を利用した魔法戦に、随分と慣れてるな」

燃え上がる闇の女王《クイーン》を確認して、俺がゆっくりと残った転移魔法に向かうと、

「ねえ、闇の女王《クイーン》さんが心配じゃないの！」

麻也ちゃんが叫んだ。

「もちろん心配だよ。あいつあれで気が短いからな、急がないと街が消し飛ぶ」

スマートフォンの空中ビジョンを消そうとすると、ちょうど爆炎が治まり、傷ひとつ無い闇の女王《クイーン》が現れた。

カメラを構えていた、歩兵《ポーン》のサービスだろうか。

——その美しく、誇り高き女王の笑顔が、アップで映った。

×　×　×　×　×

転移先は、ビルの正面にある駐車場を選んだ。

「闇の女王《クイーン》さんの姿が見えない」

麻也ちゃんが心配そうに空を見上げたが「ビル全体……上空まで全部、結界がかかってる」と、春香は嫌そうに顔を歪《ゆが》めた。

「これから侵入するが、その前に装備の点検だ」

春香は手慣れた感じで、扇子や新しく自作した式神をチェックしたが、麻也ちゃんはそれを見ておたおたするだけだった。

「これも戦闘の基本なんだ、備えあれば患《うれ》いなしってね」

俺は麻也ちゃんに近付き、少し悩んでから……ナックルガードのついたグローブと、革の胸当てを収納魔法から取り出し、補強魔法をかけてサイズの調整をする。

「ねえ、これは？」

「このグローブは伝説の狂戦士《バーサーカー》が使っていた防具だ、打撃の向上が見込めるし、凶暴なキミにピッタリだ」

麻也ちゃんは少し顔を歪めてそれを受け取る。

「……そう、あ、ありがとう。で、もうひとつのこれは？」

「女戦士《アマゾーン》が使っていた防具で、身体が軽くなり動きも速くなる。しかも魔法攻撃にも物理攻撃にも対応できる優れものだ。そして、その危険なブツを隠すことができる」

俺がその、ブルンブルンで凶悪な胸を確認すると……。

グローブを装着した麻也ちゃんの、見事なアッパーカットが飛んできた。

結界に侵入すると、そこは戦場だった。嗅ぎなれた血の匂いと聞きなれた叫び声に混じり、初めて知る、火薬の匂いと銃撃音が聞こえる。

一階の受付フロアには自動小銃を構えたスーツ姿の男たちが、椅子や机でバリケードを作り、剣を振り回す魔族軍やそれに使役された巨漢のオーガ兵を射撃している。

バリケードの中まで進むと、カウンター奥の受付事務所に負傷した人々が寝転がっていた。麻也ちゃんと春香が走り寄ると「左門《さもん》、右門《うもん》、しっかりしやがれ！」と、聞き覚えのある声が耳に入った。

「唯空《ゆいくう》なぜここに」

「お前は……そうか、アリョーナのやつが言ってたな。ここの用心棒になったたって」

「――それより」

麻也ちゃんが慌ててグローブを外し、血だらけのロン毛兄弟の治療を始める。

「本山の動きがおかしくってな、俺たちはこのビルを見張ってたのさ」

「本山？」

「上の方じゃ、下神と対立する連中と調和を主張する連中で割れててな。調和を唱えるやつらの金遣いが派手になりやがって、おまけに最近変な仕事ばかり押し付けてくる」

それで唯空たちは独自に調査を始め、その元凶がこの件にあると突き止めると……「いきなり奇襲をかけられた」そうだ。

唯空は歯を食いしばりながら、怪我で倒れた弟たちを見つめる。

ひとりは片脚がねじれているし、もうひとりは革ジャンの隙間から内臓がはみ出していた。麻也ちゃんは何度も回復魔法を使ったが、ロン毛の容態は改善に向かわない。麻也ちゃんは革ジャンの中に入れていた血だらけの手をとりだして、小さく唇を震わせると、「あたしじゃ無理……お願い、助けて」、俺を見上げて、ポツリとそうもらした。

「よく頑張った」

俺は麻也ちゃんの頭をポンと叩《たた》いて、受付事務所を見回す。そこには治療に走り回る春香と、二十人を超える負傷者がいた。

「唯空、他に怪我人は？」

「一階にいたやつは全部、俺がここにかき集めた。二階と三階のやつらは人質になってるみてぇだ」

俺はその言葉に頷くと、事務所の奥に温泉稲荷への転移ゲートを作り、フロア全体に回復魔法を展開した。

「そんな……信じらんない」

麻也ちゃんの呟きと同時に、怪我人の全てが回復を始める。

「過度の回復を避けるために力を抑えた。念のため麻也ちゃんと春香は、稲荷に怪我人を転移させせてくれ」

　唯空が意識の戻ったロン毛に近づく。

「大丈夫か、左門！」

「ああ、兄者……嘘《うそ》のように痛みが消えた。これで俺も、浄土に向かうのか」

　麻也ちゃんが、えぐり取られていた腹部が蘇生《そせい》したことを確認して、

「まだ浄土には行けないみたいですよ」

　涙を溜《た》めた目で、ロン毛に笑いかける。

「なんと……俺は仏道の修験者だが、こんな処で天使に会ってしまった」

　ロン毛がニコリと笑い返して、麻也ちゃんの震えていた手を握る。麻也ちゃんを落ち着かせるための彼なりの優しさだろうが、唯空がもっていた杖《つえ》で「ゴツン」と頭を殴る。

「兄者、何するんですか」

「動けるなら、左門も怪我人の搬送を手伝え」

「俺、右門なんだけど」

　ロン毛は麻也ちゃんの手を離すと、脚の治ったもう片方と春香に近付き、

「手伝うよ、ねえキミの名前は？」

「それは俺が持つから少し休んでて。で、メルアド交換しない？」

　二人でニコニコと笑いかける。

「なかなかの男だな」

そのバイタリティに感心していると、

「心から感謝する。情けねえ話だが、今生の別れを覚悟していた」

唯空が俺に深々と頭を下げた。

「これはアリョーナさんとかわした契約の一環で、仕事なんだ……だから頭を上げてくれ」

唯空はフンと鼻を鳴らして頭を上げると、

「うちの弟どもと同じで、素直じゃねえヤローだ」

顔をそむけて、小さく呟いた。

「ここの魔物は全て俺が討伐する。今戦闘中の人たちを連れて、唯空も避難しろ」

「それは右門と左門に任せる。ここには同門の退魔士もいるみてえだし、三階にはあのジジイの気配がする。俺がいれば戦い方の参考にもなるだろうし、おめえにかけられたジジイの『呪』が気になって仕方ねえ」

唯空は落ちていた笠《かさ》を拾い上げて被《かぶ》ると、

「それにな、今宵《こよい》の撲殺炎は一味違うぜ」

――笠の隙間から、俺に向かってニヤリと微笑んだ。

×　×　×　×　×

騎士《ナイト》を二枚取り出してビル全体のサーチを頼むと、二階と三階は特殊な結界に覆われていて、何も見えないと返答があった。屋上からは「ダーリンこっちは制圧完了だよ」と、闇の女王《クイーン》の念波が飛んできた。

「そうか、大丈夫だったか」

「もちろん、ちゃんと誓いを守って、誰一人殺してないから安心してね。今頃みんな、良い夢を見てるんじゃないかなぁ」

「ありがとう。どうやら親玉は、闇の女王《クイーン》の足の下みたいだ。挟み撃ちに便利そうだから、しばらく寝た子の守を頼む」

おれは通信を切って、状況の再確認をした。一階は魔族軍と思われる人物が二名、使役されている魔物が八体、そしてそれを監視している男がひとり。

怪我人の搬送が終わった左門、右門、と麻也ちゃんと春香が、応戦していたマフィアさんたちに撤退指示を出しながら、防戦に参加する。

「それで、どう打って出る」

すると顎をさすりながら、唯空が俺の横に立つ。

「あの奥で観戦してる男は、知り合いか？」

魔族軍の後ろにいたやつは、唯空と同じ僧衣を着ている。

「顔は知ってるが、知り合いって程仲良くはねえな。人見知りがちなのか、俺が近づくと逃げていきやがる。それで、正面の化け物はあんたの知り合いかい？　あんなやつらは初めて見るが」

「良く知ってはいるが、あいつらも人見知りがちでね。俺が近づくと逃げて行くんだ」

「じゃあまずは、お互いのお相手と、親睦を深めに行くか？」

唯空の言う通り、まずは敵の手の内を知っている相手を叩くのが得策だ。それに違う術式の癖を、実践で知るチャンスでもある。

唯空も同じ考えなのか「自己紹介はできるだけ派手にやってくれ」と言いながら、身体全体に炎をまとい始めた。

麻也ちゃんと春香に「撤退が終了したら、安全な場所までさがって待機しててて」と伝えてから、収納魔法からニョイと歩兵《ポーン》を三枚取り出すと、

「我が名は唯空、仏法の守護者にして金剛の力を賜りし退魔士なり。人に害為す人外の者よ、ここから先は引くことも押すこともできぬと心得よ！」

派手な魔法炎をまとった唯空が、魔物たちの中央めがけて突進した。

歩兵《ポーン》を三枚立て続けに指ではじいて、自動防御を組み立てる。

「あい」「あい」「さー」

かけ声と共に、短剣を構えた魔導人形が、超低空飛行で先制攻撃を仕掛けた。

唯空の後を追いながら、大剣を振りかざしてきた身の丈三メートルのオーガ兵をニョイで突くと、手ごたえはあったが白煙と共に霧散する。続いて攻撃を仕掛けてきた豚面のオーク兵も同じだ。

「なるほど、戦況が荒れているのに、魔物の死体がないのはそのせいか」

それを見て逃げようとした二人の魔族軍の兵士を、歩兵《ポーン》に命令して追走する。

「拘束しろ」

歩兵《ポーン》に指示を出しながら、残りの魔物をニョイで打ち抜き、兵士に向かって封印術式を組み上げる。

しかし魔族軍の男たちは奥歯をかみしめ、手にしていた拳銃をこめかみにあてた。

「まて！」

俺が慌てて声を上げると同時に男たちはトリガーを引き、魔物と同じように霧散する。唯空を見ると、隠れていた敵の僧と戦闘を繰り広げていたが……。

「あれじゃあ圧勝過ぎて、戦闘の参考にならないな」

佳死津《かしづ》一門、最大火力の呼び名に偽りはないのだろう。敵の僧が何かを仕掛ける前に、唯空は相手を投げ飛ばし、柔道の締め技のようなものをかけた。

「こっちは親睦を深められそうだ」

俺を振り返った唯空が嬉しそうに笑う。急いで駆け寄ると、その僧は俺を睨《にら》んで「忌まわしき異世界からの侵略者よ、『災禍の瞳』と共に、滅びるがよい」と言い、奥歯で何かを嚙《か》み締めようとした。

「そうはいかねえ」

寸前に、唯空が腰に下げていた手ぬぐいを口に突っ込む。

「一月ほど洗濯してねえが、勘弁してくれ」

そして僧の手足を、袂《たもと》から出した縄で縛る。

「こいつには俺の金剛力を編み込んである。ちょっとやそっとの術じゃあ破れねえから、諦めるんだな」

×　×　×　×　×

戦闘が終わると、麻也ちゃんと春香も走り寄ってきた。

「ご主人様、怪我人の搬送は完了しました。残ったマフィアさんたちは稲荷で待機してもらって、ロン毛のイケメン兄弟が転移ゲートを守ってくれてます」

春香の報告に俺が頷くと、

「こいつの尋問は、あたしがやろっか」

麻也ちゃんが縛られた僧に近づく。この状態では、瞳で情報を読み取れる麻也ちゃんの能力は便利だが……俺もできない訳じゃない。

――しかし、何かが引っ掛かる。

さっき麻也ちゃんは、サクリファイスについて質問した春香との会話に強引に入ってきて、『献身』と少し無理のある翻訳をした。今も俺も瞳が読めることを知っていて、それを拒むように前に出てきた。

「頼むよ、麻也ちゃん」

俺は麻也ちゃんの後ろに下がり、僧と麻也ちゃんの思念を読む術式を展開する。唯空は俺の魔法に気付いたようで、また顎をさすりながら俺の横に並んだ。

「あなた佳死津一門で、唯空と並び称される『氷結の亜乱《あらん》』ね」

麻也ちゃんの質問に、亜乱と呼ばれた男が視線をそらそうとしたら、唯空が小さく念仏を唱えた。

すると縛っていた縄が、蛇のようにうねりながら長くなり、その僧を更に締め上げる。

絵面的には、大人なビデオのパッケージで見たことがあるようなやつだ。教育上良くない気がする。麻也ちゃんに見せても、大丈夫なのだろうか？

「嬢ちゃん、これで心置きなく質問できるぜ。たしかにそいつは亜乱って名前だ」

「見てたら圧勝だったけど。ホントにこいつが佳死津最強術師と言われる、退魔士の部隊長なの？」

「どうも最近のやつらは、術に長《た》けていても、根性が足りねえ」

唯空がゆっくりと首を横に振ると、麻也ちゃんはため息をついてから亜乱の瞳をのぞき込んだ。


尋問で分かったのは……。
1、佳死津の親睦派と下神の戦力は屋上に集結し、下神の最新の科学魔導兵器と共に俺の転移を狙っていたこと。
2、二階には下神の『幽元《ゆうげん》』と呼ばれる陰陽師《おんみょうじ》が人質を取り、不測の事態に備えて罠《わな》を仕掛けていること。
3、そして三階に『芦屋幽漫《あしやゆうまん》』がいて、アリョーナさんを人質に俺との交渉を進めようとしていること。
その三点で、作戦の詳細までは知らされていないようだった。


「下神はママの目をどうして狙ってるの」

麻也ちゃんの質問に亜乱が顔をしかめたが、唯空の縄の魔術がそれを許さない。ひょっとしたら唯空は、緊縛師《きんばくし》と呼ばれる、大人な術師かもしれない。

「ごめん、それも詳細を知らないって」

麻也ちゃんが首を振ると、唯空が俺の背をポンと叩いた。どうやら唯空も、麻也ちゃんの嘘に気付いたようだ。

――さすがは、大人な術師だ。

「ありがとう麻也ちゃん、いろいろとよく分かったよ」

俺がそう言うと「じゃあご主人様！　このお坊さんはイケメンロン毛のお兄さんたちに任せて、二階を叩きましょう。幽元はあたしの元上官なんで、手口はよく知ってますし」。

そう言って、春香は俺を見上げてきた。

「何人かあたしやレイナと同じ妖の娘を使役してるはずです。だから……連れていってください」

そして強い眼差しを向けてくる。

「嬢ちゃんたちの事情もなんとなく分かったから、ここは四人で仲良く出かけねえか？　それにメイド服ってのが、何とも素晴らしい」

唯空が楽しそうに俺の背中をバンバンと叩く。いや、メイド服は本人たちの希望なんだが……。

俺が反論しようとしたら「萌《も》えを理解しているところも、なかなか漢《おとこ》じゃねえか」と、唯空が嬉しそうに顔を寄せてきて、ポツリと呟いた。

——どうもまだ俺は、現代日本の価値観が理解できていないようだ。

×　×　×　×　×

二階の結界に侵入しながら、フォーメーションの打ち合わせをする。

「春香が先に攻撃を仕掛け、次いで俺がそのサポートに入る。麻也ちゃんと唯空は……」

「それなら、俺にしんがりを任しちゃくれねえか」

唯空の戦力なら間に麻也ちゃんを挟むのは効率が悪いし、今後ろを守る必要はない。しかし彼なりの考えがあるのだろう。だったら、任せた方が良いかもしれない。

俺が頷くと「ご主人様、見ててくださいね！　新必殺技も山盛りですから、もう、ご期待に沿いまくりです」と、春香は扇子を広げてニヤリと笑った。

非常階段を上って二階の避難口を開けると、薄暗闇の廊下にそれぞれタイプの違う三人の巫女服美少女が佇《たたず》んでいる。目の焦点は合っておらず、手にはそれぞれ日本刀や錫杖《しゃくじょう》や小槌《こづち》のような物を握っていた。小槌を持つ少女など、どう見ても十代はじめにしか見えない。

その後ろには青白い顔の痩せた、背の高い白装束の男がひとり。

「佳死津の連中も魔族軍とやらも当てにならんな。なんだ、使い捨てたはずの、薄汚い猫までいるじゃないか……まったく、困ったものだ」

その顔にお似合いの、いやらしい笑みを浮かべた男が手を振ると同時に、巫女服の少女たちが春香を襲う。

「みんな、今助けてあげるからまってて」

春香が猫のように俊敏に攻撃を避けると、扇子から紙吹雪が舞う。

「そんな子供だましは通用せん」

痩せ男がもう一度手を振ると、春香の紙吹雪が揺らいだが、

「式よ、強く気高く舞え！」

春香の声に紙吹雪が炎を帯び、速度が急速に増す。

何だかネーミングが長すぎて、忘れてしまったが……あれは、最近春香が特訓していた、炎のうんちゃらなんちゃらの舞だ！

「くそっ、なんだ！」

痩せ男が叫ぶ。焦って操作が甘くなったのか……。

「春香、首筋に糸がつながっている」

制御を失敗した痩せ男の術式が、しっかりと見えた。

「サンキューです、ご主人様！」

春香が扇子で糸を断ち切ると、少女たちは力を失いパタリと音を立てて倒れる。

「とどめですー」

不用意に飛び込んだ春香に、俺が息をのむと、同時に後ろにいた唯空も舌打ちした。

「伸びろニョイ」

悩んだ末、俺が牽制《けんせい》の突きを軽く入れると「ぐげぶっ！」と、踏みつぶされたカエルのような声を上げて、あっけなく痩せ男は倒れてしまう。

「ご主人様、そんな……」

春香が近付いて足でガシガシ踏みつけても、男は転がりながら苦しみ悶えるだけだった。

「あたしがやられたふりをして、そこからババビューンと会心の『バーニング・バタフライ・スーパーストリームアタック』で、息の根を止める予定だったのに」

その名前の長さに、思うところはあったが、

「すまなかった、ただフォローを入れただけだったが……ここまで弱いとは思わなかった」

俺は素直に春香に謝った。

「それよりこの娘たち！」

倒れた少女たちに麻也ちゃんが駆け寄る。サーチすると、やはり巫女服美少女たちから、春香や鬼娘と同じ自爆術式が感知できた。きっと三人とも妖なのだろう。

「安心しろ」

俺が近付こうとしたら「まさか、順番におっぱいを揉《も》む気じゃないでしょうね！」と、麻也ちゃんが俺を睨む。

「さすがに三度目だ、もう解除方法は理解してる」

俺が魔法陣を組んで三人の巫女服美少女に振り分けると、自爆術式が消えた。しかし麻也ちゃんは、口を尖らせて俺を睨む。

すると唯空が、待ってましたとばかりに俺と麻也ちゃんの間に割り込み……麻也ちゃんの瞳をのぞき込んだ。

「やはりこりゃ、下神の『呪』だな。それも芦屋のジジイのとっておきだ」

麻也ちゃんは、唯空の言葉に首をひねる。

「解呪方法はあるのか」

唯空の言う下神の『呪』が俺には見えない。今までは、ただぼんやりと危機を感じていたが……気付けばそこにある魔術が、ハッキリと理解できた。

まるで目の前のモヤが、ひとつ消えたかのようだ。これも唯空の言う、俺にかかった芦屋の『呪《しゅ》』だったのだろうか。

「かなり進行してやがる。生半可な技じゃあ逆効果になりかねねえし、ほっといてもあぶねえ……嬢ちゃんの母親を思う気持ちに、付け込んだんだろう。あのジジイの呪は、人の気持ちの方向性を、少しずつ変えるもんだ。それで真綿で首を絞めるように相手を落とし込む。今回は嬢ちゃんも知ってて、母親の為《ため》にこの瞳を利用してた節もあるしな」

「そんなに進行していたのか」

やはり俺のサーチ魔法にも、ズレがあるようだ。

「そこに溜まる憎悪を、俺が受け取ってもダメか」

——なら、急がなくちゃいけない。

「そんなことができるなら可能かもしれねえが、お前さんの心が壊れちまうかもしれねえぜ」

唯空は俺を心配したが、その方法が使えるなら迷うことはない。

「大丈夫だよ、もう俺の心は壊れている」

心が更に壊れるより、加奈子ちゃんやそれを守ろうとした麻也ちゃんが、これ以上辛《つら》い思いをするほうが耐えられない。

何かに気付き、震え始めた麻也ちゃんに、俺はゆっくりと近づく。

「加奈子ちゃんの瞳が人の憎悪を吸収する物だっていうのは、さっきの取り調べの時に確認した」

「ママは悪じゃない。災厄なんかじゃない」

「その憎悪が一定量を超えると何かが起きることも、麻也ちゃんが、加奈子ちゃんが苦しまないように、今までそれを受け取っていたことも気付いてた。でもまさか、ここまで進行してたとは……」

自分のうかつさに腹が立って仕方がない。

「ママに手出ししたら承知しないから」

もう、麻也ちゃんの精神もギリギリだったんだろう。瞳をのぞき込むと、精神的な、いくつかのほころびが見える。暴力的な行為は、やはり何かを発散したい気持ちの表れだったんだろう。

他人から他人に対する性的な視線や、行動に過度に反応するのも、加奈子ちゃんが周囲から受けた視線や言葉の『欲望』が入り乱れて、妙な作用を起こしているせいだ。

瞳の奥では怒りや妬みや悲しみが、黒く渦巻いている。

「今まで辛かっただろう、それに待たしてごめん。安心して、麻也ちゃんも加奈子ちゃんも、必ず俺が守る」

「ママを、ママを……」

俺が涙を溜めたその瞳から、憎悪を受け取ると、麻也ちゃんは力尽きたように倒れた。

「麻也ちゃんは大丈夫なのか」

この世界の魔術にまだ疎いから、これで良かったのか確信が持てない。念のため唯空に聞いてみると、「嬢ちゃんはこれで安心だが……俺はやっぱり、お前さんが心配だよ」。

唯空は小声でそう呟くと、辛そうな眼差《まなざ》しを俺に向けた。

×　×　×　×　×

意識を失った麻也ちゃんを抱きとめると、

「しばらく休んでな、随分とひでえ顔色だ。人質の解放とあの青びょうたん陰陽師の尋問は俺と猫の嬢ちゃんでやっとくから」

唯空が俺の肩をポンと叩いた。気付いていなかったが、俺は手に薄っすらと汗をかいている。呼吸も乱れているし、魔力の感覚もおかしい。何とか自分の体内魔力回路を制御して呼吸を落ち着けていると「う……うん」と唸《うな》り声を上げて、麻也ちゃんの意識が戻った。

「大丈夫か」

俺が麻也ちゃんの瞳をのぞき込んで確認すると、

「えっ、うん、その、大丈夫」

顔が徐々に赤くなり、恥ずかしそうに目をそらされてしまった。瞳の奥にはもう悪意の影は存在しなかったが、身体が少し震えている。心配になってサーチ魔法を展開したが、やはり上手くいかない。解析結果には『恋心♡』という文字が点滅するだけだ。俺の魔力にも、かなり大きな問題があるのだろう。

「頭痛や寒気や、身体の痺《しび》れはないか」

魔力操作をあきらめ、触診に切り替える。手首や首筋に手を当て、心拍や体温を確認すると、心拍数も上がっているし体温の上昇も確認できた。

心音を確認するため胸の防具を外し、耳を寄せると、ドクンドクンと大きな音が聞こえる。

「やっ、えっ、なに」

麻也ちゃんの顔は更に赤くなるばかりだ。

「だだだ、大丈夫だから、あたしは。それより……」

まだ涙の残る瞳で、麻也ちゃんが見上げてきた。

「俺なら問題ない」

「ぜんぜんそんな感じに見えないから、そ、そうよ、あたしがママの闇を徐々に抜き取る時だって、凄い寒気や悪寒が襲ってきたんだから……あんなふうに全部……」

「俺は、賢を極めしケイト・モンブランシェットの弟子にして、その業《ごう》と意志を継ぎし大賢者だ。この程度でへこたれるような身体も精神も、持ち合わせてはいない」

この程度の闇は何度も体験した。実際、心の破損具合も致命傷ではないはずだが……魔力の感覚がおかしい。まるで意図的に、誰かが少し方向性をズラしたような感じだ。唯空の言う、下神の『呪』が原因なのだろうか。

俺が悩んでいたら……。

「あたし、ママが話してくれたような、絵本の中にいる白馬の王子も、アニメのスーパーヒーローもいないって、分かってから、頑張らなきゃって。叔母さんだって妖狐《ようこ》族を守るためには、結局は他人のママをどうするか分かんなかったし。だから、ひとりでずっと……」

また流れ落ちる涙を隠すように、麻也ちゃんは俺の首に手をまわして、抱きついてきた。

「俺は白馬の王子でもアニメのヒーローでもないが、大賢者様だ。必ず加奈子ちゃんも麻也ちゃんも、救って見せる」

麻也ちゃんの背に、俺が腕を回すと……。

「これって、もしかしてラブラブ？」

「若いってのは、素晴らしいもんだな」

春香と唯空の声が聞こえてきた。

「ななな、何、勝手に抱きしめてるの！　あ、あたしが気を失ってるスキに」

麻也ちゃんが、俺の首に手をまわしたまま慌てて叫んだが、

「しかも、バレバレなんじゃないですか?」「ツンデレってのは、素晴らしいもんだな」

春香と唯空の突っ込みが聞こえてくる。

ツンデレって何だ？　俺がその体勢のまま悩みこむと……麻也ちゃんは俺から慌てて手を放したが、顔は更に真っ赤になった。

×　×　×　×　×

捕らえられた幽元と呼ばれる陰陽師は暗示魔法が得意で、この業界?では恐れられていたそうだが……。

「喝！」

と、唯空が大声で叫ぶと、会議室に集められていた人質三十名余りが、全員眠りから覚めた。唯空いわく「暗示など気合で何とでもなる」らしい。

そんな話は、俺の師匠ですらしなかった。人質は皆無傷だったが、操られていた三人の美少女と共に念のため稲荷に避難してもらう。

幽元は唯空に縛られて、春香にボコボコにされると、ペラペラと口を割ったそうだ。一応手当を

して稲荷に運び込んだから、命に別状はないだろう。

「やつは、三階にいるのは芦屋のジジイだけだって言ってたが……」

幽元が情報を知らされていないのか、それとも単独で行動しているのか。

「ありゃあ、もうひとり居るな。明らかにジジイと違う気配がしやがるし、やっこさんそれを隠そうともしてねえ」

唯空が天井を見上げてため息をつく。三階からは、異世界特有の魔力がこぼれ出ていた。

「魔族軍とかの大将ですか？」

春香が可愛らしく首をひねる。

「俺たちを誘ってるつもりだろう」

その気配に、どうしても引っ掛かることがあった。

「唯空、下神は元々潤沢な資金を持っているのか」

「いや、ここ数年で突然金持ちになりやがった。弟どもの調べじゃあ、レアメタルや神話級の魔道具を派手に売り飛ばしてるそうだ。それから屑鉄《くずてつ》や、中古や処分済みのパソコンやスマホを、かき集めていたらしい」

そうなると、上にいる人物が絞られてくる。俺が日本に帰ると決意して、魔王討伐の暇を見ては、日本での資金になりそうなものを集めていたら、「大賢者様の祖国では、こんなクズ鉄のような物が希少なんですか」とか「こんな安物の魔道具が、価値が出そうなんですか」とか。

聖女アンジェが俺を手伝うと言って、買い物に同行しながら質問を繰り返していた。それに魔王を討伐した際、異世界転移を可能にする扉は一枚しかなかった。

以前師匠から聞いた話では、「この扉を開くには多くの人間の強い『念』が必要じゃ、その為には一万を超える人間を殺して『怨念』を集めるか、それと同等の『慈悲』や『愛』を持つ人間を贄《にえ》にする必要がある」……そう言っていた。

そんな才能を持つ人間がいるとも思えなかったが、アンジェは聖女としての資質だけは、超一流だった。それに最初に襲撃を受けた時、謎の人物が騎士《ナイト》を切った切り傷の癖。それは勇者パーティーで、仲間が敵を切った際に、よく見たものと同じだった。

「やはり下神の後ろにいるのは、俺の知り合いのようだな」

俺がサーチ魔法で、もれてくる魔力を分析しようとすると、足元が揺らいだ。

「こ、こっち来ないで！」

麻也ちゃんが俺をそっと支えてくれる。言葉と行動にズレがあるのが気になるが……。

「狐の嬢ちゃんの『呪《しゅ》』を飲み込んだせいで、お前さんの『呪《しゅ》』も活性化したみてえだな。ジジイ特有の『少しだけ思いをズラす』呪いは自覚しにくい。感覚や認識を無意識に阻害しやがる。特に妖力は、その影響を受けやすい」

唯空が心配そうに俺の顔をのぞき込む。

「何か対策や解呪の方法はあるのか」

「対策は簡単だ。勘や経験といった感覚を捨てて、目で見たものや耳で聞いたものを素直に信じろ。そこまでジジイの『呪』は届かねえからな。解呪は……ここまで進んじまったら、あのジジイを殺すか、直接解呪方法を聞くしかねえだろう」

「分かり易くて手っ取り早い方法だな」

俺が苦笑いすると、

「じゃあ因縁をぜーんぶスッキリさせるために、早速三階へ行きましょう！」

春香が元気よく手を上げ、俺を支えていた麻也ちゃんが頷く。

「俺の勘が当たっていれば、上にいるやつは知り合いだ。唯空も麻也ちゃんも春香も、危険だからここで戻ってくれ」

正直、この状態で他人を守れるかどうか不安だ。

しかし……。

「まだろくに働いちゃいねえからな。嬢ちゃんたちだけ待機させて、俺は連れてってくれ」

唯空は俺に近寄ると、

「それにその知り合いとやらは、最近俺が追っかけてるやつかも知れねえからな」

小声で耳打ちしながら、ニヤリと笑った。

「唯空は、何を追っていた」

麻也ちゃんと春香が一階へ向かったのを見送りながら、俺が話しかけると、

「どうもこのところ怪しい災害や事件が多発してな、原因が『災禍の瞳』にあるって本山の連中が騒いでやがったが、どうも腑《ふ》に落ちねえ。それで勝手に調べまわったんだが」

そう言って腕を組んだ。

唯空の話では、そもそも『災禍の瞳』は災厄を鎮める聖人《しょうにん》の技として、古くから崇められていたものだった。

そして怪しい災害や事件の後には佳死津《かしづ》一門や下神《しもがみ》一派や、この国の妖が使う術とは系統の違う、超常現象の痕跡があることが分かり、

「またヨーロッパの『教会の裏部隊《ターン・クルセイダ》』やアメリカの『CUA《中央異能管理局》』が日本まで出張って来て悪さしてんじゃねえかと思ってたが……もっとおもしれえのが出てきやがった」

唯空は、とても楽しそうに笑った。


話を聞いていたら、突然立ち眩《くら》みが襲ってくる。

「大丈夫かい」

唯空が俺の肩を支え、心配そうに顔をのぞき込んできた。

「まだ上手くズレの調整ができていないだけだ、三階の二人を抑えるぐらい問題ない」

「そうか、それで嬢ちゃんたちを帰したんだな」

察しの良すぎる男も厄介だと、苦笑いがもれる。

俺の推論が当たっていれば、唯空の追っているものは、異世界転移ゲートがもたらした歪《ひずみ》だ。

「俺は、いや俺たちは……」

唯空は信じられるが、佳死津一門には信用が置けない。うかつに話をして、加奈子ちゃんや麻也

ちゃんが、危険にさらされないか心配だ。それにまだ、俺の推論があっているかどうかの確信もない。

どう説明したら良いか分からず、言葉に詰まると「話しにくいんだったら黙っときな、人間誰だって秘密のひとつや二つはある。それを聞かないのも僧の務めだ」と、唯空は顎をさすった。

「もう少し事が落ち着いたらちゃんと話すよ」

「楽しみに待ってる」

俺がまた躓《つまず》きかけると、「目の妖術を押さえろ、それだけでも随分楽になるはずだ。それから断ち切りたい因縁があるなら、根性を見せな。お前さんの気力なら、何とでもなる」と、唯空は力強く俺の肩を握りしめてくれた。

三階までの非常階段を登りきると、俺は闇の女王《クィーン》に通信を入れた。

「どうしたの、ダーリン」

俺の魔力の乱れを読んだのだろう、不安そうな声が返ってくる。

「誓いの第一条を行使する。俺が暴走を始めたら、すべての戒めを解いて俺を止めろ」

闇の女王《クィーン》は息を飲んだが「分かったよ、無理しないで」と小声でそう呟いて、通信を切った。

横で聞いていた唯空があきれ顔で「お前さんはやっぱり隅に置けねえ男だな。それで作戦はあるのか？」と、笑いかけてきたが……。

その言葉をキーに、不意に脳内のチェスボードが動き出す。

そう、今の局面は俺がキングだ。隅に置かなくちゃいけない。下神やその後ろで動いているやつは、加奈子ちゃんや千代さんを狙っているが、その為には俺が邪魔だ。

人質を取って交渉を装っているが、わざわざここまでおびき寄せたのは、俺の命を奪うためかもしれない。

そう考えると現状は、間抜けな俺《キング》が敵の包囲網に、のこのこと現れたところだ。

「キングは中央に置けば危険だ」

しかもまだ動いていない敵の大将は入れ替え《キャスリング》も可能だろう。正体がバレそうになれば異世界転移ゲートを利用して、あの四人のうちの誰かに、入れ替わるかもしれない。わざわざここに呼び出したぐらいだから、そのぐらいの準備をする時間はあったはずだ。

この派手にもれ出ている魔力も、持ち込んだ異世界転移ゲートの存在を、俺から隠すためだと考えれば、納得できる。

自分の命が危険になればそいつを生贄《サクリファイス》にして逃げることができるし、下神の裏にいる人間を誤認させて時間を稼ぎ、その間に態勢を立て直すこともできる。

こちらの戦力は、俺は手負いだが……。

闇の女王《クィーン》が屋上で待機していて、隣に唯空がいる。大局的には、まだ完全に負けてはいない。

——なら、この局面にも勝機はある。完全勝利《チェック・メイト》まで、あと一歩だ。

「読み切った……」

俺がそう呟くと「何のことだ？」と、唯空が首をひねる。

「まず扉を開くと同時に『気配の相手』に向かって俺が走る。その間に唯空は、芦屋を探して交渉を進めてくれないか」

「戦力の分散も、状態の悪いお前さんの単独行動も悪手だが……何か考えがあるんだな」

俺が頷くと唯空はニヤリと笑い「じゃあお手並み拝見と行くか。それで交渉はどうすりゃいいんだ？」と、楽しそうな顔をした。

「両手を上げて、命乞いでもしててくれ」

俺は気配の相手に負け、唯空が追い込まれ、その状態で敵の思惑を聞き出す。

そこまで説明すると「なかなか楽しそうだが、俺の演技力には期待するなよ……大根役者の自覚がある」と、唯空は大げさに両手を広げた。

「奇遇だな、俺も演技力には自信がない」

そう言えば幼稚園や小学校の演劇でも、森の樹や道端の岩とかの大役を演じてたっけ。しかし死んだふりぐらいはできるだろう。多分……いや、きっと。

俺が悩みこんでいると、

「まあ、お互い頑張ろうや」

唯空はヤレヤレとばかりに首を振りながら、俺の肩をポンと叩いた。

×　×　×　×　×

三階の非常口をそっと開けると濃厚な魔力が肌を刺した。俺は瞳の魔力を完全に切って、身体全体の魔力も最小限に抑える。

突入のタイミングを計りながら「これが終わったら呑《の》みにでも行かないか？」と、俺が笑いかけると、唯空は顔を歪めた。

「俺は酒が呑めない」

酒好きにしか見えないが……。

「本当に呑めないのか？」

「ああ、あまり人に話すんじゃねえぞ」

唯空の困った顔に、俺が笑いを堪《こら》えていると「その代わり甘いものが好きだ」と、ポツリとそうもらす。

「ＯＫ、じゃあ甘いもので。俺も酒より好きだ」

そう、甘いものはクールな男の嗜《たしな》みだ。俺が深くうなずくと「少し妖力が治まりやがったな。じゃあ手前の部屋が俺の担当で、お前さんが廊下の突き当りだ」。

唯空が廊下をのぞき込みながら、ささやいた。

俺が頷いて、廊下を走り始めると、後ろからドアを景気よく蹴破る音が聞こえる。

あれで命乞いができるかどうか不安になったが、正面から斬撃が飛んでくると反射的に避けてしまった。

「人のことは言えないな、これじゃあ演技以前の問題だ」

二発目の斬撃を何とか受け取って、

「うーん、やられたー」

大声で叫びながら俺が廊下の真ん中で倒れ込むと、奥にいた人物がゆっくりと近付いてきた。

唯空が踏み込んだ部屋ともそれほど離れていないし、位置取りとしてはまずまずだが、

「やられたー、助けてくれー」

唯空の棒読みのセリフが聞こえてきて、いろいろと不安になる。

「何を企《たくら》んでいる」

魔法で声を歪めているのだろう、男とも女ともわからない声色が、廊下の奥から聞こえてきた。

薄っすらとシルエットは見えるが、姿が確認できないように、光も魔法で歪めている。

「降参だー、命だけは助けてくれー、もう俺は魔法も使えない。言うことは何でも聞くー」

俺の名演技に、なぜかシルエットの人物が一歩後ろに下がった。何か不味《まず》かったのだろうか？

もう三歩、いやあと二歩近付いてくれれば、多少魔力が制御できなくても、相手を確認できたが
……しかし後ろから、

「ひゃっひゃっひゃっ、撲殺炎者と呼ばれる佳死津の怪僧が、無様なものじゃのう。どうやら異世界のものどもが気にしておったやつも、倒れたようじゃし」

そんな声が聞こえてきた。

「くそー、ここに来る前に受けた傷が、まだ癒えてなかったぜー、うーん」

「いい気味じゃ、冥途の土産に良い話を聞かせてやろう。たっぷりと苦しんでから行くがよい」

唯空の下手過ぎる演技に乗せられて、ジジイが何かペラペラと喋《しゃべ》りだした。

担当を替えとけば良かったと、俺が心の底から後悔していると、

「あのバカめ」

シルエットの人物が踵《きびす》を返し、廊下の後ろに向かって走り出す。

「伸びろニョイ」

「ぐあっ！」

ニョイを操作すると、男のうめき声と共にたしかな手ごたえがあった。立ち上がって急いで駆け寄ると、廊下の隅にローブ姿の女性が倒れ込んでいる。

殺気に気付き、俺はその奥にあった空間の歪みにニョイを叩き込んだが、空を切るような手応えしかない。

閉じかけた歪《ゆがみ》に耳を寄せると、

「くそっ！」

「バカ野郎、おとりは殺せと言っただろう」

「しかし……あいつは本当に魔法が使えない状態なのか？　最強と言われた剣神ですら、この剣の斬撃を避けきれなかったのに」

と、そんな男たちの争う声が聞こえてきた。

強引に追うこともできるが、倒れていた女性が心配だ。それにこれだけ証拠がそろえば、後は何とでもなる。歪みはすぐに霧散したが、あれはモンスターや魔族軍が消えた霧と同じものだろう。

俺は消えゆく霧から、今後のために術式を読み取り……。


「どうしたモーリン！」

急いで倒れていた女性に駆け寄る。

「あれ、その声はサイトー？　ははっ、どうやらボクは天国についたようだな」

焦点の合っていない目で、そんな事を言う。

「心配するな。お前はまだ死んでいないし、俺は殺しても死ぬようなタマじゃない」

抱き上げるとモーリンの魔力は枯渇寸前だ。あの青く美しい瞳がドス黒く濁っている。

「何があった！」

俺は自分の魔力を全身に戻し、サーチ魔法を強引に動かす。悪寒と強烈な頭痛が襲ってきたが、

「あの男たちに騙《だま》されてた……どうやらボクやアンジェのような女に加工を施して、瞳から力を抜くと、あの扉を……」そんな震えるモーリンの声に怒りがわき、意識がたたき戻される。

「もういい、話さなくても大丈夫だ」

何度もエラーを吐くサーチ魔法に活を入れながら、更に意識を集中する。

すると、やっとモーリンの体調が把握できた。

体内に精神的な絶望や肉体的な痛みを蓄積させ、わざと魔力回路を狂わせることで、それを増幅させ、瞳に集中するように仕組まれていた。ローブの上からは見えないが、身体中に長時間痛めつけられたような怪我も、多数存在している。

また、心の中で、何かがカチリと外れた。

「待っていろ。今、回復魔法を施行する」

「サイトーは、回復魔法が使えないいんじゃなかったっけ」

「ああ、ちょっと苦手なんだ」

「気持ちだけでも嬉しいよ。ここまで進行したら、伝説の聖人様の回復魔法でも、治りっこないのは分かってる。どうせ魔力回路が壊れてるんだろう」

魔力が使える人間にとって、魔力回路は心臓と同じだ。しかし、まだ稼働しているとは言え、この状態の魔力回路を治すのは、理《ことわり》を歪めることにならないだろうか。

すると師匠の「己の信条を貫け」という言葉が脳内で響く。

俺は心を決めて、抱きしめたモーリンに回復魔法をかけた。モーリンの身体や瞳が癒えていくと同時に、俺の心の中で、ブスブスと何かが裂けていくような音が響く。

モーリンの魔力回路が回復すると……「う、うそ」澄んだ青い瞳から、大粒の涙がポトリと音を立てて落ちた。

俺が抱き起こすと、「ボクがバカだった」モーリンが俺を強く抱き返してくる。身体の傷も全て癒えたようだが……以前のスレンダーなスタイルを思い出すと、おっぱいが少し大きくなったような気がしてならない。ミニスカートから伸びる美しい太ももも、以前よりセクシーに見える。

まあ、多少の誤差は容認範囲内だろう。

「下に降りればこの世界の、俺の仲間がいる。安心してくれ、皆気の良いやつらばかりだ」

非常口までモーリンと共に歩き、

「まだ倒さなきゃいけない敵がいるから、しばらく待っててくれ」

俺が話しかけても「サイトー、ごめん、ごめん……ボクがバカだった」何度も謝りながら、モーリンは泣きじゃくった。

俺はそんなモーリンに笑いかけ……。

気取られないよう、襲い来る寒気と頭痛に歯を食いしばり、唯空が踏み込んだ部屋に向かった。


モーリンが非常階段を下りる足音を耳にしながら、俺はもう一度瞳の魔力を完全に切って、身体全体の魔力を極限まで落す。悪寒と頭痛は消えなかったが、何とか真っ直《ます》ぐ歩くことはできた。

俺が唯空の踏み込んだ『支部長室』のプレートがある部屋の扉をそっと開けると……。

そこは微妙過ぎる空間だった。

部屋にいたのは唯空とアリョーナさんだけ。豪華なソファセットの手前でコントのようにズッコケている唯空。それを慈愛に満ちた瞳で見つめるアリョーナさんは、奥のデスクの横で椅子に荒縄で縛られていた。

その縛られ方は、例の大人が嗜むビデオのパッケージで見かけたことがある特殊なもので、大きな胸がやたら強調されている。たしか亀甲《きっこう》縛りとか何とか……そんな名前だったような気が。シャツの胸ボタンが外れていて、黒いレースのブラジャーが全開だし、タイトスカートの中央も縄で締め上げられていて、もうアレがソレでてんやわんやだ。

美しすぎるパツキンの女性がそんな姿だと、もう何が何だか……。

もう一度部屋を見回しても他に誰もいない。既に芦屋とやらから情報を聞き出し、唯空が討伐した後だったのだろうか。

そこで盛り上がった二人が、大人なプレイをお楽しみだったとか？　いろいろな意味で頭痛が増してきたが、「見なかったことにしておくから安心してくれ」と、俺が笑顔でそっと扉を閉めると。

「こらー、あほー、まちやがれー」

唯空の、とっても棒読みな叫びが聞こえてきた。

もう一度扉を開けると唯空はむくりと起き上がり、あぐらをかきながら腕を組んで、ふくれっ面で、俺を見上げる。

「そうか、お前さん目の妖力を切ってるのか……なるほど、この唯空を今までたばかってきたとはふてぇ野郎だ」

そしてパンとひざを叩いて、ソファセットの中央にある、ローテーブルの上を睨んだ。

俺が魔力を目に戻して唯空の視線を追うと、そこには白装束を着たよぼよぼの爺《じい》さんが見える。

「これは……」

「やっこさんもう死んでやがるんだ。こいつは、ただの怨霊だよ」

唯空の言葉に、ローテーブルの上に腰掛けていた老人が楽しそうに笑う。

「ひゃっひゃっひゃっ、今頃気付きおったか阿呆《あほ》め。しかし唯空、良くわしの呪から逃れたな！」

「そもそもおめえの呪いになんざ、掛かりゃしねえよ。根性が違うからな」

だんだん唯空の言う根性の定義が分からなくなってきたが、「そっちの坊やは……ふむ。一度殺したはずじゃが、なぜこんなところにおる」という怨霊の言葉に、口の端がつい、つり上がってしまう。

その言葉は待ち焦がれた物だった。きっと今俺は、最高の笑顔をたたえているだろう。


「俺の家族に何をした」

「なーに、たわいない事よ。坊やを疎む心を少し、後押ししただけじゃ。そうそう住処《すみか》だけではなく、学校にも同じような事をしたはずじゃが」

「なぜ……」

「あの女の目に悪意を溜め込むと、そりゃあ強くて便利な力に変わる。それを育てていただけじゃよ。じゃからあの女が好いた男を、順番に殺したんじゃ。そうそう、あの狐の男は、坊やより随分とねばったなあ」

俺の頭痛が更に酷《ひど》くなると、

「気をしっかりともて、その言葉もやっこさんの『呪』だ。喰《く》われんじゃねえ」

唯空が俺をかばうように間に立った。

「あの異世界人とやらの話じゃあ、あの目にこだわらずとも、近い能力の女がおれば、体内の回路とやらをいじくって、痛めつけてやれば、似たような成果が上がるそうじゃな。それであの女の娘にも『呪』をかけてみたが」

俺の頭痛が更に悪化し、吐き気を通り越して……徐々に喜びに変わる。

「そうじゃそうじゃ、異世界では坊やの知っておる女どもにも、あの男たちが、試したそうじゃな。ひとりその気配を感じたが、どうじゃった？」

更に芦屋は言葉を重ねる。

「ちっ、今成仏させてやるからそこに直りやがれ！」

唯空が身体を炎に包み、芦屋に攻撃を仕掛けたが、

「ひゃっひゃっひゃっ、無理じゃ無理。伊達《だて》に平安の世から怨霊をやっとらんわ！　わしを滅したければ阿弥陀《あみだ》か釈迦《しゃか》でも連れてくるんじゃな」

芦屋と名乗る怨霊は、楽しそうにその炎を掻《か》い潜《くぐ》るだけだった。

「アンジェは……アンジェはどうした」

俺の声に、唯空と霊体がこちらを見る。脳内でまたカチリと何かが外れる音がして、俺のもれ出た魔力で、ビル全体が少し震えた。

「ほう、どうやらこの感覚は……坊やには、わしの『呪』がまだ少し残っておるな。大方あの女か、その娘の目に引き寄せられて、消えた筈《はず》のものがくすぶり始めたのじゃろう。待っておれ、今もう少し大きくしてやるわ」

「──俺の質問に答えろ」

更にビルが波打ち始めたが、俺が霊体に向かって目を広げると、

「ひゃっひゃっひゃっ、その名前なら覚えておる、赤い髪の女じゃろう。あの男どもが抵抗するから、なかなか術が掛けれんと云《い》うのでな。わしが特別の『呪』を埋め込んでやったわ。今頃どうして……」

霊体はそこまで話して、初めて俺と目を合わせた。すると恐怖に震えるように、ふざけた動きを止める。しわくちゃの顔を蒼白《そうはく》に染め、腰を抜かしたように動かなくなり、蛇に睨まれた蛙《かえる》のようにパクパクと口を動かし、

「こ、これで……終わりだと思うな……」

悪党らしい、捨て台詞を吐いた。

「最後の質問だ」

俺はゆっくりと手を広げ、薄汚い顔の前に突き出す。

「お前は罪を知らぬ阿呆か、罪から逃げる卑怯者か、それとも俺が背負うべき罪なのか」

しかしその哀れな霊体も、ただ震えるだけで、残念ながら何も答えてくれない。

――また、カチリと何かが外れた。

「待て、よすんだ……これ以上お前が苦しむ必要なんかねえ！」

唯空の声が聞こえたが、言葉の内容が上手く理解できない。俺がその霊体を体内に吸い込むと、更に大きくビルが揺れ始める。


――あの矮小《わいしょう》な霊体も、きっと自分より暗く汚れた地にたどり着けば、驚くだろう。制御が利かなくなってきた、魔力を抑えようとしていたら……。

「ダーリーン！」


大声で叫ぶ、あの頃のままの闇の女王《クイーン》が、天井をぶち破って侵入してきた。

「ヘーラー、そんなに慌ててどうしたんだ？」

そして俺は、混乱を始めた思考の中で……美しく白銀に輝く伝説の魔女を抱きしめた。

第四章　それでも大賢者様はささやかな幸せを願う

抱きしめたヘーラーから、魔力の吸収が始まる。思考の混乱も徐々に収まりつつあるが、同時に体力も奪われて行く。

「無理ばっかりして……ダーリンのバカ」

「俺はまた、魔力の枷《かせ》を外してしまったのか」

ヘーラーは悲しそうに、俺を見上げると、

「半分くらい外れてるかなー。まあ、でもこれならすぐ落ち着くよー」

彼女はきっと、何とか微笑もうとしたのだろう。泣いているのか笑っているのか分からない、それでも美しい伝説の魔女の顔を見ながら……。

俺は意識を失った。

×　×　×　×　×

——また、夢の中で、これは夢だと自覚があった。

俺は透き通る泉の上に垂《しだ》れる枝の上で、獲物を狙うハンターのように息をひそめている。

そう、師匠と二人で住んでいた深い森の中にある庵《いおり》の近くには、豊富な湧水がつくるキレイな泉があった。しかし近隣の集落の人々は、恐れをなして決して近づくことはなかった。

いわく、そこには美しい妖精が住み、男なら一目で恋に落ちて森から出られなくなり、女性なら嫉妬で正気を失ってしまうからだと。

——まあ、その正体は師匠なのだが。

その頃俺は無限回廊図書を出て、森の中で実践的な勉強をしていた。図書の中でも体力をつけるために腕立てやスクワットをしながら本を読まされ、回廊をうろつくネズミ型の魔物……後で知ったが、ウイッキァーと呼ばれるS級のモンスターを捕獲したり、書庫の整理と言われ、数千冊の本を抱えたまま階段を何度も往復させられたりしたせいか、基礎体力的なものは多少ついていた。

だから大陸でもっとも危険と呼ばれていたその森も、土地勘さえつけば、ひとりで歩くことができた。そのため師匠が泉で水浴びをする時間帯は、俺のささやかな癒しのひと時だった。

その時も俺は、師匠にばれないように必死になって泉をのぞいていた。背の中ほどまである赤茶色の癖っ毛が濡《ぬ》れて、透き通るような白い肌に絡みついている。幼さの残る体型だが四肢は躍動感にあふれ、少しくびれた腰の上にはまだ完熟していない水蜜桃のような胸が、ピチピチと音を立てて弾んでいる。

「何て、美しいんだ」

心の中でそう呟《つぶや》くと、乗っていた枝がポキリと折れた。

「うわっ、あわわわ！」

叫び声を上げながら枝ごと泉に落ちると、師匠がこちらを振り返って……あきれたように小さく首を振る。

——そして、しこたま全裸のままで殴られた。

いろいろと見ちゃいけない場所まで至近距離で観察できて、とても素晴らしかったが、しばらくすると俺の体力もつき……。

意識を取り戻してから何とか泉から這《は》い出ると、ドレスを着た師匠が腰に手を当て、頬を膨らませながら待っていた。

「のぞいておるのは知っておったが、こう毎日じゃと気が滅入るのを通り越して感心してしまうのう」

俺は師匠の前で土下座する。

「気付いていたのですか」

「我を誰じゃと思っておる」

たしかにその通りだ……その気になれば森の一番端にいる羽虫の飛ぶ音を、聞き分けられるって言ってたっけ。

「前々から不思議じゃったが、あの泉の周辺は『国滅ぼしのサル』たちの縄張りじゃろう。一体どうしておるのだ？　やつらはその昔幾つかの国を滅ぼし、あの勇猛果敢な帝国の騎士団ですら、その姿を見るだけで撤退するが……」

「あのお猿さんたちとは仲良くやってます。最初の頃はもめましたし、集団で襲われたときは手を焼きましたが、今はのぞきのポイントを教えてくれます。そうそう、今日はこのように、果物も頂きました」

俺がポケットからリンゴのような実を出すと「食い物を献上されるとは……既にやつらのボスになっておったか」と、師匠はせつなげなため息をもらした。

「では、言いつけた課題はどうした」

「はい、今朝《けさ》一走りしまして、課題の薬草は全て採取してきました。しかしあの崖は殺人的ですね。もう、何度足を踏み外したか……」

俺が近くの木の根元に置いてあった薬草カゴを見ると、師匠もそちらに視線を向け「一走りで行ける場所ではないし、あの妖魔返しの崖を登り切った人族なぞ、我は聞いたこともないが……」と、ぶつぶつ言いながら、カゴの中身をたしかめると、顔を小さく左右に振る。

「最近よく思うのですが、師匠って無茶振りしますよね」

「数ヵ月は帰ってこんと思っておったが。まあ、そのうち折を見て顔を出すつもりじゃった」

師匠は俺の前まで歩み寄ると「しかし、なぜそのような事をする」と、不思議そうに俺を眺める。

「申し訳ありません。ダメだダメだと思っていても、師匠の美しさに負けてしまいます」

師匠はその精密な陶器人形《ビスク・ドール》のような顔で、バカみたいにあんぐりと口を開け、「我が弟子入りを認めたのは、稀代《きだい》の天才か底無しの阿呆《あほ》なのか……もう、判断がつかなくなってきたわ」そんな事をおっしゃった。

「どうか見捨てないでください」

もう一度、土下座のままで深く頭を下げると、「ふむ、のぞきがどうこうという問題ではない。つまりじゃな、あれを見よ」と、師匠は真っ青に晴れた空の中心を指さし、

「どんなに雲一つなく、晴れた日差しが全身を包んでも」

そして自分の足元を指さした。

「影は足元に必ず落ちる。それが世の理《ことわり》じゃ」

俺が首をひねると、

「人は憎しみや辛《つら》さを知らねば、愛を知ることはできん。寒さを知らねば暖かさが理解できぬのと同じじゃ。常に物事には裏と表があり、それがバランスをとって形となっておる。感情も物の成り立ちもじゃ」

そう言って俺の頬に手を差し伸べた。

「無限回廊図書では性懲りもなく我のスカートを何度ものぞき込み、森に出れば毎日のように水浴びをのぞきに来たが……ふむ、すくすくと成長する弟子に喜びすぎて、とんと失念しておった。そう言えば、もう何年も二人きりで居るのに、一向に我を押し倒そうとはせんな」

そして俺の瞳を見つめながら、悲しそうな微笑《ほほえ》みをもらす。

「何かが欠けておるのは分かっておったが、どうやら致命傷になりかねんモノのようじゃ。どれ、教育方針を変えてみるか」

そして師匠は何かを思い立ったかのように、スクリと立ち上がった。

「見捨てないんですね」

俺がもう一度確認すると、

「好いた男を捨てる阿呆がどこにおる」

やはり悲しい表情のままそう言うと、フンと鼻を鳴らしてそっぽを向いた。

そして……。

「では早速、死の谷まで行こうか」

うんうんと唸《うな》りながら腕を組んだ後、俺に近づくと、師匠は手を握りしめて飛び上がり……森の木々が豆粒のように見える高さまで一気に上昇した。

「しっかりとつかまっておれよ」

普段隠している猿のような耳と尻尾を出して「来たれ、キントー！」と呪文を唱えて、足元に雲を集め、飛行魔法であっさり音の壁を越える。

「うぎゃー、師匠！　何するんですかー」

振り落とされないように師匠の細い腰にしがみ付いて数分、やっと地上に降りても……全身の血が変に偏り、三叉神経《さんさ》が、グルングルンと音を立ててダンスを踊っていた。

吐き気を堪《こら》えながら、ふらふらしていたら……。

「無限回廊図書でも読んだであろう、ここが『闇の女王』と呼ばれた伝説の魔女が眠る死の谷じゃ、行ってやつと話してこい」

師匠はポンと俺を蹴飛ばして、その谷に俺を落とした。

「無茶振りが過ぎんだろー！」

俺は抗議の雄叫《おたけ》びを上げたが……。

その声も深い谷に吸い込まれ、果たしてそれが届いたかどうか、今でもよく分からない。

×　×　×　×　×

俺は真っ逆さまに谷に落ちながら、『闇の女王と死の谷』の話を思い返した。そう、無限回廊図書には一冊だけ絵本がある。なぜこんな所に……不思議に思い、師匠に聞くと、

「うむ、それはこの世界で最も有名なお伽噺《とぎばなし》じゃな。子供向けの戒めとして語り継がれておるが、残念なことに事実なのじゃよ」

苦笑いしながらその本を広げる。もう夜も遅く、俺はいつものように回廊の隅で就寝の準備をしていたが、「どれ寝付き話として我が読んでやろう」、師匠がそう言うので魔法ランタンの明かりを点《つ》けて寝袋に入ると、俺の枕元にペタンと腰を下ろした。

つるんとした二つの膝小僧と、その奥の純白のパンツが淡い光に揺れている。

「とある処に、とてもとても美しい少女がおった」

そして鈴を転がすような美しい声が、静まり返った無限回廊図書に響く。

「師匠よりもですか？」

「阿呆、初《しょ》っ端《ぱな》から話の腰を折るでない！」

顔を赤らめ頬を膨らます師匠は可愛《かわい》かったが、その後のグーパンチは強烈で、危うく永眠してしまいそうになる。

「そ、その少女はじゃな……まあ、我よりちょっとだけ可愛くなかったが、国中の男どもをとりこにして、有頂天になっておった」

そして師匠は頬を赤らめたまま、絵本のページをめくった。


少女はその美しさから、全能の神ゲレーデスの目に留まってしまう。全能の神は地上に降りて求婚したが、既に妻や子供がいるゲレーデスの誘いを少女は断る。

怒ったゲレーデスは少女の姿を変えて『迷いの森』に捨ててしまうが、それを見ていた妻のリリアヌスが少女に近づき、

「本当にあなたのことを愛する人が現れたらその姿は戻るでしょう。そしてそれまで生きてゆけるように、私が加護を授けます」

そう云《い》って少女に不老不死の魔法をかけてしまう。醜く不老不死となった少女は、リリアヌスに感謝するが……。

それがリリアヌスの嫉妬からもたらされた呪いだと、その時は気付かなかった。

少女は森をさ迷いながら何度も魔物に殺され、その度に蘇《よみがえ》り、やがて魔物たちの技を盗み、返り討ちにしてその肉を喰《く》らい、ついには、その魔力まで奪い取るようになる。

憎しみが増し、力をつければつけるほど少女の姿は醜くなり、やがて悪魔がその姿を見ても、震え上がるほどの異形となった。

そんなある日、少女が自分の為《ため》に築いた城に、勇者を名乗る冒険者たちが現れる。

「醜く愚かな魔王よ！　この正義の神アーリウスから授かりし、聖剣のサビとなるがよい」

少女はその言葉に驚いたが、勇者を名乗る者たちの力が、あまりにも稚拙で貧弱に思えたので、何かの間違いだろうと思い、簡単に返り討ちにしてしまう。

すると勇者がもっていた聖剣から、白銀に輝く勇猛な男神が現れた。

「我が父ゲレーデスから試練を受け、母リリアヌスから呪いを受けし少女よ」

それは正義の神と崇《あが》められるアーリウスだった。

「なぜその試練に挑まず、人々に苦を強いる」

その問いに少女は笑いだしてしまう。

「あたしの人生を狂わせ、苦を背負わせた神々の一柱《ひとはしら》が何を言う。お前がかざす正義が本当にあるのなら、この醜い身体を切り裂き、今ここで、この呪われた永遠の命を奪うがよい」

しかし、アーリウスは悲し気な瞳で少女を眺める。

「人々は何か勘違いしているようだ。私は正義の神ではなく、ただ運命を見つめる者だよ。真実の愛を知るチャンスを与えた父の気まぐれが、どのような結末になったのか知りたかっただけだ」

少女は首をひねった。

「真実の愛や幸せとは、憎しみや辛さや苦の対極にある。それを知らずにあのようなふるまいをしていれば、形は違っただろうが、同じような悲劇が起こったはずだ。面白いことに、運命とはいつもそのように働く」

アーリウスはそう言って深いため息をつき、剣の中へと消えてしまう。

少女は震えながら剣を手に取り「では、あたしの今までの人生は何だったの？」と、その剣を胸に刺した。

しかし、不老不死の呪いのせいで命が果てることはなく、闇の女王と恐れられた魔女の憎しみと苦痛が永遠に放出され……。

やがてその魔王城は深く地中に沈み込み、『死の谷』と呼ばれるようになった。

俺はその話を聞き終えると「師匠、もうそれ何の救いもないですね。寝る前にする話じゃないでしょう」と、とりあえず抗議の意を伝えた。

「お伽噺とはそもそもそんなものじゃ。それに本当の救いや幸せとは、自分自身でしか見つけられぬものじゃしな」

師匠はパタンと音を立てて絵本を閉じると、そっと俺の頬に手を差し伸べる。

「でもそれが事実でしたら、師匠もその意地悪な全知全能の神とかに、ちょっかい掛けられたんじゃないですか？」

「ふむ、全能の神ゲレーデスなら、数回我のところにも求婚に来たな。その度に殴り倒してやったら、もう来んようになった。何度殴っても性懲りもなく、ちょっかいを出す阿呆は、我はひとりしか知らぬ」

「世の中にはとんでもない猛者がいるんですね」

俺がそんな命知らずがいることに感心すると、師匠は目を閉じてせつなげに小さく息を吐く。

「これも運命の神アーリウスに言わせれば、面白いそうじゃ。大いなる力を得た者がどのような結末を迎えるのか、楽しみにしておると言っておったな」

「師匠にはまだ愛する人がいないのですか」

「こんな力を持つと、そうそうそんな男も現れん」

「いつかきっと現れますよ。師匠はとても魅力的な女性ですから」

「ではそれを、期待しようかのう」

師匠は俺の頬から手を離すと「真に尊い幸せとは、このランタンの光が灯《とも》る範囲のように狭く、ささやかな場所にあるのかもしれんな」そう言って、俺の顔を見ながら微笑んだ。

その瞳はいつか見た加奈子ちゃんの瞳と同じで、深い慈愛と悲しい闇が混じりあい、俺の何かをギュッと握りつぶすような痛みをもたらした。

そして、それと同時に、心の中に何か温かいものが灯った気がしたが……。

「尊い幸せって？」

「そうじゃな、それを摑《つか》む事がお前の欠けた何かを補う、一番たしかな方法かもしれん。それは使いきれぬほどの富や歴史に残る名声や、この大いなる力よりもかけがえのないものじゃ。いつかお前にも、その幸せが訪れることを願おう」

師匠はそこまで話すとゆっくりと立ち上がり、ミニのドレス・スカートをひるがえして帰って行く。俺は純白のパンツに包まれた、小さくてキュッとしまった美しいお尻を見送りながら、ランタンの灯を消した。

すると暗闇に包まれたせいか、師匠が居なくなったせいか……。

さっきまであった胸の中のささやかな温かみも、何処《どこ》かへ消えてしまった。

×××××

闇の魔女の呪いのせいだろうか、落下しながら左右を確認すると崖には特殊な魔力が溢《あふ》れていて、上手《うま》く魔法が使えない。

徐々に光も届かなくなって全身が闇に包まれると、

「ぐげっ」

……やっと底にぶち当たった。

「痛たたっ」

師匠に殴られるより痛みが少ないのがせめてもの救いだが、

「普通なら死んでるよな、これ」

しばらく身体が動かなかったし、見上げても空が確認できない。ただ暗闇が全身を包むだけだ。何とか立ち上がり怪我《けが》がないことを確認して「師匠に殴られるたびに受けた回復魔法の副作用だろうか？」と、俺は自分の身体の丈夫さに首をひねった。

「まあ修行の成果が表れたと考えておこう」

決して師匠にセクハラしすぎた訳じゃない。しかしこの頃の俺は簡単な魔法しか使えなかったから、周囲にある退魔術フィールドを破って飛行魔法で浮上することはできないと判断して「また崖登りか……」と、やるせなくため息をついた。

「とにかく言われた通り『闇の魔女』さんとお話しだな。そう、師匠がいつも言ってるけど、何事も前向きに考えなきゃ」

そして、あらためて周囲を確認する。

そこは草ひとつ、苔《こけ》ひとつ無い岩場でどす黒く変色して独特の魔力を帯びていた。魔力を強く感じる方向に向かって歩を進めて行くと……。

十メートル以上はある大きな岩に囲まれた石像のような物が見つかる。

「魔力の発信源はここだけど」

それは魔女というより、異形の化け物の彫刻にしか見えなかった。四本の腕に二本の脚、背には大きなコウモリのような翼があり、頭の上には羊のような曲がりくねった角があった。顔は人間に近かったが、目は異様につり上がり、口は頬まで切り裂くように広がっている。

しかもその大きさは、周辺の岩々と同じく十メートルを優に超えていた。そして四本の手のひとつが剣を握り、自分の胸を貫いている。

「お伽噺の通りなら、これが魔女なのかな？」

しかしそこからは精気は感じられず、とても会話ができる状態には思えなかった。近くで見ると、周りの岩々と同じどす黒い色とその異形が醸し出す雰囲気には、鬼気迫るものがあり……。

同時に、いつか教科書で見た人々の罪を背負い磔《はりつけ》にされれた聖人や、修学旅行で観た人の世の業《ごう》に苦しむ国宝の仏像のように、代えがたい神々しさもある。

反射的に両手を合わせ、深々と頭を下げると、

「……なんて、美しく尊いのだろう」

自然とそんな言葉がもれ出た。

すると石像からパラパラと何かがはがれる音が聞こえてくる。

ふと顔を上げると「今、何と言った？」と、どす黒い表面の岩がはがれ、中から赤黒い肌が露出し始めた。

「良かった、会話ができるんだね。とても美しいと思ったからそう言ったんだ」

微笑みかけると、魔女は引き裂かれたような唇を吊《つ》り上げ「この姿がか」と、俺を睨《にら》んだ。

「その全てがかな」

微笑んだまま本心を伝えると……。

「どうやら、リリアヌスやアーリウスが言ったことは本当だったようだな。本物の愛を知る人物が現れれば、この不老不死の忌まわしき呪いが解けると」

そう言って笑いだすと徐々に小さくなり、異形の姿から人の姿に戻り始めた。俺が慌てて駆け寄ると、そこには二十代半ば程の燃えるような赤髪に透き通るような白い肌の美しい女性が全裸で胸に剣を突き立てて倒れている。

「しっかりして！」

ボヨンボヨンとした形の良い巨乳に意識をとられないよう気をつけながら、まだ覚えたての回復魔法を施行すると、「もう手遅れだろう……しかし永遠の死と再生がこれで終わると思うと、安堵《あんど》の思いしかない。少年よ、できれば……その名を教え、よく顔を見せてくれぬか」と、その女性は心から嬉《うれ》しそうに笑った。

俺は魔女だった美しい女性の手を取り、「残念だけどあきらめる気は毛頭ないんだ。治療が終わったら名前でも何でも教えてあげるし、顔と言わず好きなところを見せてあげるよ」と師匠の魔法を思い出しながら何度も挑戦したが、圧倒的に魔力が足りない。消えゆく美女の生命は、数千数万人分の『罪』を背負っていたからだろう。

「足りない物は、借りるしかないな」

ちょうど谷の中には、魔女が吐き出した「憎しみ」や「怒り」や「悲しみ」に満ちた力が散乱している。それは魔女自身の想いでもあるようだし、魔女が命を奪って喰らってきた魔物たちの想いでもあるようだった。

「我が心と似たる悪しき力たちよ、その憎しみや怒りや悲しみをこの心に向け、我が力の糧となれ！」

俺が呪文を唱えると、谷中に静かな怨嗟《えんさ》がこだまする。

そして「痛み」や「辛さ」や「寂しさ」が形を成して俺の心を引き裂きながら、壮絶な魔力に変わって行った。

「何をする気だ！　人の身体でそんなことをすれば、身も心も吹き飛ぼう……いや、その前に心がもつはずがない」

「今忙しいから、ちょっと黙ってて」

俺は元魔女の言葉を無視して、神経を集中させながら胸の剣を引き抜く。

「くっ！　そのような事をしてまで……こんな女を助ける必要があるのか……」

剣を引き抜いた反動で元魔女の美しい身体が跳ね、俺をまた睨み返したが、「美女や美少女を無条件で助ける為に修行してるからね」と本心を呟くと、

「そ、そのような……では、責任をとれるのか」

「もちろんそのつもりだ」

するとなぜか美女は顔を赤らめ「それは本当なのか」と、消え入るような声でもう一度訊いてきた。

「初めて逢《あ》った時から、その美しさに心を奪われた」

「あの姿に……」

俺が頷《うなず》いて笑顔を向けると、何かに納得したかのように目を閉じた。そして億千万もの谷の呪いが俺の心に収まると、やっと回復魔法が完成する。

「だから後悔は後でしてくれ」

俺はその美しく尊い身体に魔法を叩《たた》き込んで……魔女と同時に、気を失った。

×　×　×　×　×

先に目覚めたのは俺だった。


隣で寝ている赤い髪の美女は全裸だったから、俺は自分のローブを脱いでその女性を包む。しばらくすると女性は白銀に輝きながら、少しだけ若くなったような気がした。

心配になってローブを開き身体を確認すると、大きなおっぱいが少し縮んでいたが、張りが増してツンと上向きになったような気がする。

「はて？」

これは素晴らしい事なのか、悲しむべき事なのか。俺が医学的考察に頭を悩ませていると、足元にあった剣も白銀に輝き、「我が母リリアヌスがこの世に導きし壊れた少年よ、私は運命を見つめる者アーリウス」。騎士服に身を包む、ちょっと気取った優男が現れた。何処かローラースケートが得意なアイドルグループの、ボーカルのような雰囲気もある。

「おはようございます」

今の時間が分からないけど……俺は目が覚めたばかりだし、たしか業界では夜でもそう挨拶すると聞いたことがあったから、そう言ってみたが、「や、やあ、おはよう」と、優男は少し驚きながら、軽く片手を上げてくれた。どうやら、とても付き合いの良い人のようだ。

同じように片手を上げると、彼はコホンと咳払《せきばら》いをして体勢を整え、神様らしいトークに入る。

「その女の運命がまた転がった。私はそれを最後まで見届けたい興味があるが、このままでは二人ともここで命を失うだろう。少年よ、君は運命を選ぶか」

何だかそれはそれで楽しそうだったので「バッチ来いです」と俺が即答すると「うむ、バッチ来いか……」。神様は額に指をあてて何かお悩みになった。

そして、「この後君に力の反流が起きる。いくら壊れていて闇に同化しやすく、優しく強い心を持っていても所詮は人の身体。吸収した力が氾濫すれば跡形もなくその姿を消し、その女も消えるだろう」と俺が堪えていた頭痛と寒気を見透かすように微笑む。

「そこでこの剣の力を抑え込む枷として利用するか、どちらかが姿を消すための道具として利用するか選びなさい」

「枷として利用するとは」

「その剣でお互いを同時に貫きなさい。そうすれば君とその女と二人で常に心の痛みに苦しみながら、寄り添って生きてゆける」

「じゃあ姿を消すのは」

「消しても良い方にこの剣を刺しなさい。そうすれば負の力も同時に霧散して残った命が助かり、その後負の呪いに苦しむこともなくなる」

俺が悩みながら元魔女を見ると、その姿は十代中ほどにしか見えなくなっていた。

「今あの女は死と再生の苦しみから解き放たれ、新たな生を受け取っている。もうしばらくすれば安定した年齢で成長の逆戻りも止まるだろう」

その言葉に安心して、ため息をつくと「しかし、この地の魔力を利用したとはいえ、恐ろしい才能だ。我が母が目をつけただけのことはある。たしかに父が言う通り、このままこの世から消してしまうには惜しい逸材だな」と、そう言い残し、アイドルグループのボーカルのような神様は消えてしまった。

仕方なく足元で輝く剣を眺めながら、今の話をもう一度整理していると、「うーん」と女性が大きく背伸びをして……。

自分の身体の異変に気付いたのか、その可愛らしい目を丸くする。

「ななな、何だこれ?」

そしてペタペタと七～八歳にしか見えない自分の身体を触った。声も言葉遣いも年齢に合わせて戻っちゃったようで、ピンクのロングヘアを震わせながら、アホみたいに大口を開ける。

絶世の美女も良かったが、この姿もこれはこれでありかも知れない。何だか可愛くって、放っておけない感じがグーだ。

「やあ、どこまで覚えてる?」

俺が幼女に話しかけると、「そ、その、あたいに求婚してくれたところまでかなー」と、そんなことをおっしゃった。どうやら幼女になってかなり錯乱しているようで、恥ずかしそうにモジモジと身体を縮こまらせる。

そして真っ赤に顔を染め、ダボダボになったローブをたくし上げる。とても可愛い仕草だったからそのまま見ていたい気持ちになったが、俺の身体がそれを許してくれなさそうだ。

神様が言っていた『力の反流』が始まったのだろう。上手く隠せたと思うが、左手の小指がポトリと腐り落ちた。

まあ幼女が言った誤解は後で解くとして、問題はやはり……さっきの神様トークだな。


「じゃあ、今現れたアイドルグループのボーカルさんは？」

「あいどるぐるうぷ？　ああ、アーリウスのことか……まあその、実は聞いちゃってたかなー」

幼女はバツが悪そうにそう呟くと、俺の足元にあった剣にそっと手を伸ばした。

「どうするつもり？」

「やつら神々の悪戯《いたずら》に翻弄されるのももう飽きたし、あたいは十分生きた。最後に好いた男にも恵まれたし、やはりもう思い残すことはないかな」

俺がその剣を奪い取ろうとしたら、「なかなかセンスもあるし、良く鍛錬しているようだけど……まだまだあたいの足元にも及ばないよ。それにその身体は既に蝕《むしば》まれはじめてるから、急がないとねっ」と、幼女は軽くそれをかわし、剣を自分の胸に向ける。もう俺の身体があちこち崩れはじめていて、思うように動かない。

「まって！」

俺が声を上げたが、幼女は迷うことなく剣を胸に突き刺す。

「くそ！」

神様の話では、お互いに同時に貫けば元魔女の命も助かると言っていた。何とか幼女の背に回り、強引に手を取って更に突き刺す。

「な、なにすんの！　やっと楽になれるのに」

俺の胸まで剣が届くと、幼女の悲痛な声が響いたが……。

二人は混じりあうように、意識を喪失《そうしつ》させた。

×　×　×　×　×

他人と意識が混じりあう……それはとても不思議な感覚だった。ひとりの美しく才能あふれる女性の半生の記憶がなだれ込む。恵まれた家庭に生まれ、優しい両親の愛を一身に受け、年頃になると周囲は少女を心より称《たた》える。そして神々の試練を受け、森をさ迷い何度も生死を繰り返し、魔族をまとめ魔王となり、深い谷に自分を閉じ込める。壮絶な痛みと苦しみが俺の体験として心に刻まれた。

振り返ると何もない白く明るい空間で、燃えるような赤い髪の美女が涙を流している。

「あんたの人生も、やっぱり辛いものだったんだなー」

姿は二十代半ばだったが、しゃべり方は幼女のままだった。

「まあ一度は死んだ経験があるけど、ヘーラーに比べたら大したことじゃない」

そう、彼女の記憶の中では人だった頃、皆からそう呼ばれていた。

「その名は一度捨てたものだから、他の名前で呼んでほしいかな」

裸のまま俺のローブを羽織っただけの姿で首に手をまわすと、紫水晶《アメシスト》のような美しく整った切れ長の瞳を閉じる。

もうボヨンボヨンといろんな場所が当たっちゃうから、いろいろと困ったが「魔女も魔王も、もう違うしね。じゃあ闇の女王《クィーン》と呼ぼうか」と、俺がそう言うと、「分かった、ダーリン」。

嬉しそうに上目遣いで微笑み、更に力を入れて抱き着いてきた。

もうその呼び方は決定なのだろうか？　俺が改善を要求しようとしたら「ダーリンには悪いけど、あたいはやっぱりこのまま世を去るよ。この痛みに耐え続けるのは無理だからさー、それに……」そう言ってゆっくりと手を放す。

闇の女王《クィーン》が抱えていた苦痛はあの神が言った通り、俺の心にも同じように届いていた。それもどうやらバレているようだが……。

「残念だけど、もうそれ無理っぽいな」

俺はこの空間にさ迷っていた剣を引き寄せてつかみ取る。その形はまだ剣だったが、既に二人をつなぎとめる『枷』として機能していた。

「せっかく苦痛から逃れるチャンスだったのに、申し訳ない」

やらかしてしまったことを謝ると「まったく困ったダーリンだな」。闇の女王《クィーン》は大粒の涙をポトリと落とした。

そして何かを振り切るように微笑むと、「そうだ、その心がどうやって壊れたのかあんまり自覚無いようだからさ、辛いかもしれないけどちゃんと思い出して。あたいは心の底までのぞけたから分かるんだ。——そうしないと、もっと危険になるって」。

闇の女王《クィーン》は俺の目をのぞき込み、静かに慈しむように呪文を唱えた。


そこは俺の前世の部屋だった。空気に溶け込むように、その当時の俺を上から眺めている。

部屋中に参考書や教科書が飛び散り、隅の机では餓鬼のようにやせ細った少年がカリカリと音を立てシャープペンシルを走らせていた。

「せめて勉強くらいは……いや、それさえ上手くいけば……」

鬼気迫る呟きは、既にもう何かが壊れていることを暗示している。

「思い出して、この後の記憶が大切なキーなんだから」

何処かから闇の女王《クィーン》の声が聞こえたが、姿は見えなかった。

やせ細った少年が立ち上がり、部屋のドアを開けようとする。そう、たしかあの時は空腹に気付いて部屋を出ようとしたはずだ。

そしてドアが動かないことに、ため息をつく。

弟のリュウキは家に友達や彼女が遊びに来ると、俺と出くわさないようにドアに細工することがあった。きっとまた誰かが来ているのだろうと食事をあきらめ、また机に向かう。

しかし一時間が過ぎ、更に時間が過ぎ、深夜になってもそのドアは開かない。

母が置いて行った簡易トイレが部屋にあったので、用だけは足せたが……。

「とにかく勉強だ、それさえ上手くいけば」

俺はドアの件から逃げるように机に向かって勉強を再開した。そして翌日、珍しく両親と弟が朝早く車で出かける音で目を覚ます。

駐車場に向かって叫ぼうとしたが、また母や弟に「近所に対して恥ずかしい」と怒られるのが怖くて声が出ない。もう一度確認しても、部屋のドアは開くことはなかった。

しばらく喉の渇きと心の痛みで錯乱したが、何度も嘔吐《おうと》を繰り返すとなぜかのどの渇きも薄れて、気持ちも落ち着いてくる。

空気に溶け込み上から眺めるとよく分かるが、既に危険な脱水量を超えて、感覚が完全に麻痺《まひ》していているようだ。

「ねえ、この時ダーリンは何を考えてたの」

「学校で起きたイジメかな。イジメた相手は『これぐらいなら大丈夫』『これはただのおふざけ』『元々の責任はそっちにあるんだからこれぐらいの仕返しは問題ない』、そうやって少しずつ俺を追い込んでいった」

「そう、それで？」

闇の女王《クィーン》の優しい声が響く。

「これも同じだなって……リュウキはたまたまドアの仕掛けを解き忘れただけ、両親はたまたまそれを知らずに出かけただけ」

すると闇の女王《クィーン》はクスリと笑う。

「そんなわけないでしょ、学校のイジメもこの出来事も、みんな深い悪意と憎悪でダーリンを追い込んでる。イジメってそういうものじゃない」

もちろん俺はそれを知っていた。

ただ心のどこかで、それを認めたくなかったのだろう。

「この世界の学び舎《や》でも同じ事が起きてるの。なぜそんなことが起きるか、ある賢者が実験してね」

その研究では、過酷な自然環境で生きるネズミたちは仲間を守り合い、イジメのような出来事が観測できないのに……狭く餌が豊富に与えられ、外敵がいない場所でネズミを飼育すると、イジメの発生が観測できたそうだ。

「その賢者は動物の生存本能の歪《ゆがみ》だって言ってたかな。面白いのはイジメる側のネズミたちは、自然界では外敵にすぐ食べられちゃうタイプで、イジメられる側は、そのネズミたちの長《おさ》になるタイプが多いってこと」

「まさか」

俺が苦笑いすると、

「当り前じゃない。生存本能って自分の存在を脅かす相手に対して、嫌悪感や攻撃心を抱くものなんだから」

そんな台詞《せりふ》と同時に、闇の女王《クイーン》のぬくもりが全身を包んだ。

「だからダーリンは自分の敵に対して、もっと強い態度に出なきゃいけないの。そんな悪意にまで優しさを抱くのは、危険な行為なんだよ」

しかし俺には勇気がなかったのだろう。その気になればドアを蹴破ることも、二階の部屋の窓から飛び降りて助けを呼ぶこともできたはずだ。

だから俺を殺したのはリュウキでも、母でも……。

それをずっと放置して、無関心を貫き通した父でもない。

「これはただの自殺だよ」

「ダーリンの気持ちも分かるけど、もっとよく現実を見つめて。世の中には許しちゃいけない悪がたくさん存在してて、それはいつも身近に隠れてて、そっと無防備な誰かを狙ってるの。あたいはそんな悪を嫌というほど食べてきた」

「じゃあ、俺はどうすれば……」

「罪に対して毅然《きぜん》と立ち向かって。じゃないとダーリンはすぐに命を落としてしまう……それに」

「それに？」

「この一連の出来事には誰かの強い悪意を感じるから、何か仕掛けがあるのかも」

するとと眼下では、完全な脱水症状を起こして死の直前にあった過去の俺の前に、女神が現れた。

「ねえ、こんな俺と痛みを分け合って、生きて行くしか方法がなくなってしまって……ゴメンね」

俺が闇の女王《クイーン》に話しかけると、過去の記憶が終わり……目の前に二十代半ばの美女が現れる。

「もうね、後悔なんかしていないよ。あたいたちは心の深い場所でつながったし、それが分かったことでダーリンをもっと好きになったから」

微笑みながら闇の女王《クイーン》は俺に近付き「問題は深い闇に同調して歪んでしまった愛情表現かな？　きっと闇の問題か愛の問題が解決すれば、それもちゃんとした形に戻ると思うけど」そう言って俺が持っていた剣に手を載せた。

「これ以上ダーリンの心が壊れないように、この剣でお互いの枷を作ろう。あたいはそれで痛みが和らぎ、ダーリンは闇に飲み込まれなくて済む」

そして闇の女王《クイーン》の身体が縮み始めると同時に、鎖やベルトが全身を覆う。

「それからダーリンの闇だけじゃなくて、愛情にも枷をかけるね。今でも十分歪んでるけど、心配事もあるし」

「心配事？」

「あたいのわがままも含まれてるけど、そうした方がよりいろいろと安全だよ。これ以上ダーリンの師匠を名乗るあの女に殴られるのも嫌だし……そのっ、スケベ心のブレーキというかコントロールをちょっとね」

闇の女王《クイーン》は少しはにかみながら、俺の頭の上に手を載せると、何か呪文のような物を唱える。

「師匠を知ってるの」

幼女になった闇の女王《クイーン》が「魔女と呼ばれ始めた頃あたいの前に現れたけど……討伐できるほどの実力を持ちながら、憐《あわれ》みの視線であたいを見るとそのまま去って行った。いけ好かないやつかなー」と、プクリと頬を膨らませた。

「それからこの愛情の枷は、問題が解決するたびに解いてあげるね。そうしないといろいろとフェアじゃないからなー」

そして、コクリと首をかしげる。

「フェア？」

「あたいはね、実力でダーリンの愛を勝ち取りたいんだ。このままだと、師匠を名乗るケイトや、ダーリンの思い出の女に、チャンスがなくなるし」

師匠がなんのチャンスを手に入れるのか、思い出の女って誰なのか。

いろいろと謎だったが……それから俺たちは、誓いを立てた。

その第一条は、この先何があってもお互い、絶対に自分の命を絶とうとしない。


――そんな約束だった。

×　×　×　×　×

流れ込んでいた闇の女王《クイーン》との古い記憶が終わっても、そこは白く輝く何も存在しない場所だった。ただ俺の横に寄り添うように、二十代半ばの姿の、フルパワーの闇の女王《クイーン》がいるだけだ。

……どうやら俺はまだ精神世界にいるようだ。

「ダーリン、約束通り『枷』をひとつ外すね」

俺が取り込んだ芦屋《あしや》と名乗る陰陽師《おんみょうじ》の霊体を、闇の女王《クイーン》は何もない空間から取り出し、大口を開けるとペロリと平らげる。

「腹を壊すぞ」

ため息交じりにそう言うと「うーん、でもこれ、腹痛を起こせるほどの力もないかな？　ダーリンの因縁の相手じゃなかったら、握りつぶしても良かったんだけど」と、闇の女王《クイーン》は微笑みながら首を傾《かし》げた。

たしかに魔力の存在も知らなかった頃の俺じゃなければ、あんな簡単な罠《わな》にはまったりはしなかっただろう。

「これでダーリンに掛かってた呪いが取り除けるし、ご褒美のひとつとしてもらっとこうかなーと」

淡く輝く紫の瞳を細め、舌で唇を舐《な》めとる姿が妙にエロい。

「仕方ないな。約束の報酬も、今回はちゃんと弾んでやるから安心しろ」

例の鉱物を換金したおかげで懐も温かい。闇の女王《クイーン》がいくら底無しの大食漢でも、なんとかなる

だろう。

「やったね！　じゃあこの世界のスイーツってやつを所望しようかなー」

喜ぶ闇の女王《クイーン》を眺めていたら「じゃあ、ちょっと待ってて」と、俺の頭の上にそっと手を置いて、小さく呪文を唱える。

「これであの瞳の親子とかも喜ぶかもだけど……ダーリンの一番近くにいるのは、あたいだからさあ、きっと負けないよー」

そんなことを言いながら、闇の女王《クイーン》は俺の肩にそっと首を載せた。


身体が徐々に覚醒し、目を覚ますと俺は、まだリトマンマリ通商会の支部長室にいた。抱きしめていた闇の女王《クイーン》が淡く輝き姿を消し始めている。

目が合うとパチリとウインクして実体を消したので、俺はチェスの駒に変えてすくい取った。

「大丈夫かい」

唯空が俺に走り寄る。

「もう問題ない。それで俺はどのくらい気を失っていた」

「ほんの数秒だが……」

周囲を見回しても、意識を失う寸前とあまり変わりがない。見上げると天井に大きな穴が開いている。アリョーナさんの縄は唯空が断ち切ったのか足元に落ちていて、服の乱れを戻しながら苦笑いしていた。念のため周囲を魔法でサーチしたが、下神《しもがみ》の気配も異世界の気配もこのビルからキレイに消えていた。

ただ屋上に十数人の気を失った人間がいるだけだ。一階を確認しても、麻也《まや》ちゃんたちの撤退は完了しているようだった。

頭痛や寒気もなくなり、気になっていたサーチ魔法のズレもない。むしろ前より魔法が安定して力がみなぎっているぐらいだ。

――あの怨霊を闇の女王《クイーン》がエネルギーに変えて、呪いを完全に消去したようだな。

俺がとりあえずの作戦終了にため息をつくと「屋上で倒れてるやつらは俺に任せてくれ、この後の本山や下神との交渉に便利だからな。お前さんは避難した嬢ちゃんたちや、ここの従業員たちの面倒を見てくれねえか？」と、唯空が笑いながら俺の肩をポンと叩く。

「そうそう、それから甘いモノの店は俺が探しとくよ」

そして俺の耳に寄せて、アリョーナさんに聞こえないように、小声でそうささやいてきた。

× × × × ×

あれから五日経《た》ったが、異世界のやつらの動きがつかめない。

やつらの性格からして、間を置かず再度仕掛けてくると踏んでいたが、どうやらあちらにも事情があるようだ。

アンジェのことが気になり焦りもあったが……こちらも態勢を立て直して、もう二度と逃がさないよう、準備に没頭するしかない。

今朝も、襲撃の後片付けや今後の打ち合わせの為にリトマンマリ通商会に寄ったが、

「ドン・サイレント、同志アリョーナは只今《ただいま》電話応対中です。大変申し訳ありませんが、しばらくこちらでお待ちください」

金髪黒スーツさんたちの対応が、あれ以来更に物々しくなって、おかしな方向性に暴走している。今も支部長室の横にある超豪華応接室に通され、お茶ではなく濃厚な香りのするブランデーと、キャビアが出された。

黒革のソファに腰を沈めながら、朝からアルコールは無いだろうと首をひねると、

「お気に召しませんでしたか……ウラジミー、ドンペリのプラチナがまだ残っていただろう、すぐお持ちしろ！」

ウラジミーと呼ばれた若い男が走り出そうとしたので慌てて止めると、アリョーナさんが応接室に来てくれた。

黒服の金髪さんたちが頭を下げて部屋を出ると「ごめんなさいね。あの子たち、ちょっとはしゃいでて……内戦や侵略戦争で多くの同志が命を散らして、なかなか心から尊敬できる男に出会えなかったから、きっと嬉しいのよ」と、アリョーナさんがため息をつく。

はしゃぐ方向性に同意は得られないが「ドン・サイレントって何のことだ」そう、気になっていたことを聞くと、アリョーナさんは対面のソファに腰掛けて、俺が手をつけなかったブランデーグラスを優雅に傾けた。

「日本の古いコミックのヒーローだそうよ。まるであなたのようだってミハイルが言いだして、内輪ではもう、あなたはその名で通っているのよ」

ミハイルさんは、初めて弟と一緒に襲撃に来た際に同行していたマフィアさんで、この組織の現場のトップらしい。

俺が小さく首を左右に振ると「唯空から連絡をもらったわ。あたしたちもただで殴られたままではメンツが立たないからね、是非協力させて」と、アリョーナさんは小さく呟いて、グラスをローテーブルに戻す。

「また迷惑を掛けるけど」

「迷惑なんて掛かってないわよ。建物もあなたの魔法で全て修復されたし、同志の怪我も全て癒えたわ。むしろ皆元気になりすぎたぐらい」

アリョーナさんは、エルフのように整った美しい顔を俺に寄せると「それに、この国の異能者たちの頭を押さえるチャンスなの。これがどれ程大きなことか、まだあなたには理解できないでしょうけど」と、またグラスを手に取って、とても楽しそうに笑った。

リトマンマリ通商会と弟の勤め先には念の為俺の手持ちのチェスの駒を振った。いろいろと悩んだが歩兵《ポーン》一枚を残し、魔法的に目立つ場所に配置している。

弟の勤め先である『明るい都市計画』も無事再生したが、社長が今回の事件にビビッて退任したがっているそうで、リトマンマリ通商会が拠点のひとつとして買い取るそうだ。

「まずあの社名と下品なマスコットを変えなきゃ」

と、アリョーナさんは愚痴っていたが……。

午後から千代《ちよ》温泉稲荷《いなり》神社に移動すると「ご主人様、こっちですこっちー！」と、魔法で飛行中の俺を見つけた猫耳を出したままのメイド服の春香《はるか》が嬉しそうに手を振った。

すると同じように社内で掃除や食事の準備をしていた巫女《みこ》服の美少女たちが顔を上げる。今、下神に強制的に使役されていた妖魔や少女たちはこの温泉稲荷に避難していた。

「簡単な隠蔽《いんぺい》魔法をかけていたのに、良く気付いたな」

春香の頭を撫《な》でてやると「ご主人様の匂いがしましたから」と、嬉しそうに二本の尻尾を振る。異世界でも鼻の利く獣族はいたが、この距離でしかも飛行中の俺に気付くやつはいなかった。

戦闘センスも高いしリーダーシップもあるようで、伊達《だて》に最近『姉御』と呼ばれている訳じゃないようだ。

「ボス、こんにちはです！」

総勢二十人を超える美少女が同時に頭を下げるのは壮観だが……リーダーの春香の指導で、彼女たちは俺のことをボスと呼んでいる。

「どうしてボスなんだ？」

以前春香に聞いたら「ご主人様はあたしだけのご主人様なんで」と、微笑みながら俺の腕をとり、嬉しそうによく分からないことを言った。

腕に伝わる春香の形の良い胸の感覚に、最近の持病であるドキドキが発生したが……深く突っ込んだら負けのような気がして、それ以上追及はしなかった。

下神の上官クラスは唯空が、「交渉材料にもらっていっていいか？　安心しろ、悪いようにはしねえ」と、とっても悪い顔で、双子の弟たちと佳死津《かしづ》の本山とやらに連行していった。

彼らのその後が気にならなくもないが……。

そんなバタバタの稲荷の現状に、千代さんは「皆様元気で礼儀もよくて、毎日楽しいですよ」そう言ってくれた。しかしいくら生活費は俺が負担してるとはいえ、それほど長く厚意に甘えるわけにいかないだろう。

「春香、これからの作戦と今後の件について、アリョーナさんの了解が得られたよ」

俺が春香に今朝打ち合わせた内容を伝えると、「もうバリバリに任せまくってください、ご主人様！」と、ドンと胸を叩いた。

なぜか少し不安になったが、まあ実力的には問題はないだろうから、

「詳細は、唯空たちと直接連絡を取ってくれ」

そう伝えて稲荷を後にした。

千代さんにも会っておきたかったが、最近『愛情の枷』を外したせいか、あの巨乳アタックに対抗できない。

「御屋形様、こんなところにゴミが……」

昨日も二人きりになるとそんなことを言いながら、例の破壊力の高いブツをボヨンと押し付け、上目遣いで見つめてきた。

おかげで千代さんを押し倒しそうになる自分を止めるのが精一杯で、話もろくに出来なくなってしまった。きっと稲荷にいるモーリンから異世界の事情を聴き、俺がなかなか動かない相手に業を煮やしていることを心配して、千代さんなりになぐさめてくれたのだろうが。

あれ以来魔法は安定したが、私生活のリズムが崩れている。まったく、闇の女王《クイーン》は何をしたのだろう？　俺は頭を捻りながら、目下最大の悩みの種である……加奈子《かなこ》ちゃんの家に帰った。


「お帰り、早かったね」

「お仕事ごくろーさまだよ、ダーリン」

作戦は順調に進んでいたが、私生活に困難をきたしてきた俺の三大元凶のうちの二人が、店の受付で楽しそうに笑っていた。

「何してるんだ？」

制服姿の麻也ちゃんと、フリフリレースの黒を基調としたゴシックドレスに身を包んだ闇の女王《クイーン》が、店にあったカタログを眺めている。

「闇の女王《クイーン》さんのパジャマを選んでるの」

麻也ちゃんの声に、俺がそれをのぞき込むと、

「ダーリンがクラクラするような、セクシーなナイトウェアを探してるけど、なかなかピンとくるものがなくってなー」

闇の女王《クイーン》はページをめくりながら、ため息をつく。

加奈子ちゃんには引き続き龍王《キング》をつけて、麻也ちゃんには闇の女王《クイーン》を警護につけた。闇の女王《クイーン》は基本、麻也ちゃんの髪のリボンになっているが、時折こうして人化して、二人で遊んでいる。

以前報酬のスイーツを食べる際に、人化した闇の女王《クイーン》と一緒に出かけたが、

「ケーキをホールでオーダーして、それをペロリと食べる幼女を初めて見たわ」

そう言って驚いていたが……それ以来、仲が良いようだ。

「こっちのカタログじゃダメかもね。闇の女王《クイーン》さんの魔法で拘束衣をドレスに変えたみたいに、それをパジャマに変えられないの？」

「できない事は無いけどなー、着心地の問題が残る。精神世界ではそれほど苦にならないけど、人化するといろいろダイレクトでなあ。できれば既存のパジャマに魔法をかけて、そっちに拘束衣の能力を移したい」

「じゃあ大人用のパジャマのサイズを変えるのは？」

「うーん、それならできるかも」

すると麻也ちゃんは『セクシー・ナイトウェア』と書かれたカタログを棚の奥から取り出し、

「じゃ、一緒に選ぼうよ。あ、あたしも、ほら、ちょっと……こんな感じの興味あるしさ」

俺の顔をチラチラと見て、顔を伏せる。

カタログをのぞき込むと、そこにはスケスケのワンピースや、下着にしか見えない服がずらりと並んでいた。

「ねえ、こ、こんなのどう思う？」

麻也ちゃんが恥ずかしそうに指さした写真は、ベビードールというのだろうか？　レースのブラジャーとワンピースが一体化したような、薄い青色の服だった。

「ど、どうなんだろ」

それを着た麻也ちゃんが脳裏に浮かび……ついつい俺の頬が熱くなると、麻也ちゃんも顔を赤らめてうつむいてしまう。

気不味《きまず》くなって俺が部屋に逃げ込もうとすると「麻也よ、あれはいい感じかもしれんぞー、男っぽい格好も似合うがこういうのも似合うだろう。女も攻める時は攻めんとなあ」「そそそ、そうなんだ」そんな、二人の会話が背後から聞こえた。

麻也ちゃんは瞳の『悪意』を抜いてから心境の変化があったようで、妙にしおらしい。

リトマンマリ通商会襲撃から家に帰って直《す》ぐ、麻也ちゃんから「今までちょっと気持ちが抑えられなくなってて、あんたに強く当たったり、その……へ、変に誘惑したりするようなことがあって……ごめん」と、そんな謝罪めいた言葉をもらった。

その辺りは、影響が出てもおかしくないところだから「理解できるから安心して、こっちこそ下神の呪いに俺も引きずられていて気付かなかったとはいえ、遅くなってごめん」と、俺も麻也ちゃんに謝った。

「そんな……う、うん、でもそういう所は、あんたらしいね。ありがと」

すると、麻也ちゃんはもじもじと身体を揺らしたが。

理解はできるとはいえ、その変わり身には、薄ら寒いものを感じる。

以来、下着同然の格好で家の中を歩くことは無くなったが、やたら俺のことをチラチラと見るし、勉強を教えている時も落ちついていない。

上着はTシャツや落ちついたブラウスを着るようになり、以前より俺との距離をとるが……昨夜も数式の説明中に、俺の顔をボーっと見つめていた。

不思議に思い、「分かんなかった？」と聞くと、「えっ、ななな、何？　べ、別にあんたに見とれてた訳じゃないからっ」とか……。

やたらテーブルの下でもぞもぞしているから、気になって見てみると、

「ああ、あのさ、制服以外のスカートって穿《は》いたことがないから慣れなくって……これママから結構前にもらったやつだけど、変かな」

短いスカートを引っ張りながら、照れ笑いをしたりする。

……あの、麻也ちゃんが。

その隠しきれていないスラリとした健康的な太ももと、チラリと見えちゃっていたピンクのパンツと、はにかむような笑顔は……最近俺を苦しめる、ドキドキ持病を発生させた。

俺が黙り込んでしまうと、「ほら、あんたって、短いスカートが好きじゃない。さすがにルーズは無理だけど、ニーソなら何とかなるし、ちょっと女の子らしい格好もしてみようかなって」と、徐々に顔を赤らめながら、小さな声でポツポツとそんなことをおっしゃった。

……あの、麻也ちゃんが。

しかしニーソとはあの膝上までの靴下のことだろうか？　ミニスカートとセットで履くと、瑞々《みずみず》しい太ももの価値が上昇する気がする。きっと国宝に指定されるような一品だろう。おかげでそこから先は、何を教えたのかさえよく覚えていない。

ここ数日は、下着姿の加奈子ちゃんとばったり脱衣所で出くわして、俺がそのわがままボディーに恐れをなしていても、

「もう、バカ」

それを見つけた麻也ちゃんは、俺のシャツの裾を引っ張るだけだし……。

幼女姿の闇の女王《クィーン》が俺の入浴中に突入してきて、ツルペタンの身体でなついてくるのに手を焼きながら、髪を洗ってやっていたら、

「あ、あたしも、そのっ、背中でも流してあげよっか」

そう言いながら風呂場のドアを開けて、麻也ちゃんが恥ずかしそうに、ひょっこりと顔を出してきたし……。

もうその行動根拠が理解できない。たしかなのは、麻也ちゃんが俺の入浴をいつも必ずのぞきに来ていることぐらいだろう。

――やっぱり年頃の女の子が考えていることは、この大賢者様にも理解不能だった。

×　×　×　×　×

そして、もうひとりの……俺の生活のリズムを崩す、最大元凶。

加奈子ちゃんに、リトマンマリ通商会襲撃から家に帰って直ぐに話をしに行くと、

「覚悟はしていたけど、まさかこんなことだって……ごめんねタツヤ君、気持ちの整理に時間がかかりそうだから、徐々に話を聞かせて」

そう言って苦笑いした。

急に自分の元旦那が妖狐《ようこ》で、俺が異世界帰りで……なんて話しだしても理解が追い付かない気持ちはよく分かるから「分かった、いつでも話しかけてきて」と、その時俺は、そう答えた。

以来、二人っきりになると思い出したようにポツポツと質問してくるが、俺も加奈子ちゃんの元旦那さんの死因を語ることは難しく、言葉に詰まることが多い。

これには長い時間が必要だろうと思っていたが……。

二日ほど前から、枕を抱いたパジャマ姿の加奈子ちゃんが、俺の寝室の前をうろつくようになっ

た。彼女が扉を開けたら、俺も覚悟を決めて話をしようと思っているが、今のところ決心がつかないのか、しばらくするとそのまま自室に戻ってゆく。

闇の女王《クイーン》が落とした最大級の爆弾。俺の心を安定させる『枷』が外れたことで、思い出された古い記憶が、精神を不安定にさせている。


そう、それはこの城下町に引っ越してきた頃の記憶だ。

小学三年生だった俺はすぐにクラスに溶け込め友達もできたが、大きな謎があった。

「ねえ、どうしてこの席は、誰も座らないの？」

俺の隣の席を指さしても、いつもクラスメイトはなにも教えてくれなかった。女子はたいてい含み笑いを返し、男子は困ったようにうつむく。先生は苦笑いするだけで……誰も理由を説明してくれなかった。


しかし俺が、体育の授業で転んで膝を怪我して、授業をひとりで抜けて保健室に行くと……慌てて誰かが保健室を出て行く気配があった。自分の怪我を無視して、とっさにそれを追いかけたら、

「こ、来ないで！」

校庭の隅でこちらに背を向けて、肩を丸める女の子がいた。

「ごめん、そんなつもりじゃ」

俺が謝ると、女の子は恐る恐るこっちを見た。

「えーっと、転校生の子だよね」

女の子は涙が残る大きな瞳を見開き、ボソボソと呟く。

無理に走ったせいでジンジンと膝が痛んだが、俺はその女の子の瞳の美しさに、一瞬で吸い込まれ……陳腐な言葉だが、文字通り一目惚《ひとめぼ》れした。

「うん、転校してきたタツヤだ。キミは？」

「同じクラスの……赤折《あかおり》、加奈子」

俺は何度も心の中でその名前を忘れないよう、繰り返し……、

「大好きだ！」

心の底から、本心を叫んだ。

「へ、へっ？」

加奈子ちゃんは豆鉄砲を食らった鳩《はと》みたいに驚いたが、俺はひるむことなく自己紹介をはじめ、加奈子ちゃんがどうして保健室にいたのか、なぜ俺の名前を知っていたのか。

それから好きな食べ物や好きな漫画、嫌いな食べ物や教科などを聞き出した。

今思えば、俺はかなり積極的な性格だったのだろう。周囲とのコミュニケーションに失敗していた加奈子ちゃんに強引に取り入り……担任教師を説得して、保健室登校だった加奈子ちゃんの隣の

席に、自分の席を勝手に移動させた。

「こ、こんなことしたら、タツヤ君まで『呪いの子』とか『悪魔の子』って言われて、みんなからのけ者にされちゃうよ」

その頃加奈子ちゃんは、幽霊や妖精が見える……いわゆる霊能力少女で、それを積極的に他人に話したりはしなかったが、

「とても危険なときは、言わなくちゃいけないと思って」

誰かが怪我しそうになったり、事故が起きそうになったりすると、事前にそれを告知することもあったそうだ。

はじめは人気者になったたし、そのことで褒められることもあったそうだが、あまりにも的確な『予知』は徐々に不気味がられ……。

「旧校舎の土砂崩れの事件でね」

同じクラスの女子グループが、放課後立ち入り禁止の旧校舎で遊んでいることを知り、加奈子ちゃんがそれを止めるために、教師も巻き込んで大騒ぎになったそうだ。

「あたしが言った日時ぴったりに……あの崖が崩れて、旧校舎が崩壊したの。そしたら、先生にまで避けられちゃって」

その辺りの話は、俺が保健室登校を始めてから、同じクラスの男子からも聞いていた。

そもそも可愛すぎた加奈子ちゃんは、その女子グループから反感を買っていた。それに教師たちは、神秘的過ぎる加奈子ちゃんを、どう扱っていいか悩んでいた気がする。

「やっぱりカッコいーなー。俺を弟子にしてよ」

アホだった俺の、当時の素直な感想はそれだったが……まあ、クラスの男子どもの考えも、似たり寄ったりだった。

「やっぱり都会人はすげーな。俺たちも、早くそうすれば良かったぜ」

だから加奈子ちゃんに、猛烈アタックを仕掛ける俺に倣うように、保健室に通う男子が、だんだん増えていった。

そして問題の女子グループも……。

「タツヤ君が教室に帰ってきてくれるなら、あの悪魔の子を許しても良《い》いわよ。ほら、他のバカ男子も保健室に行っちゃって、休み時間なんか、教室に人がいなくなっちゃうのよ。べ、別にタツヤ君がいないから寂しいわけじゃないから。そ、そうよ。あの子にも感謝してるのよ、ちょっと謝るタイミングを外しちゃっただけだから。わかった？　別にあたしが、タツヤ君のことを好きなんじゃないから！」

ある日リーダー格の、亜由美という女の子が、わざわざ俺の家まで来て、そんな懇切丁寧な説明をしてくれた。

加奈子ちゃんにそれを伝えると、

「まだちょっと自信が無いけど……タツヤ君がいるから、あたし頑張る。そのっ、亜由美ちゃんにタツヤ君を取られるのも嫌だし……」

そんなことを言った。

「大丈夫だよ、俺たちもう親友じゃないか！」

俺が笑いかけると、

「親友……かあ」

加奈子ちゃんはちょっと不満そうだったから、

「師匠と弟子？」

言い直すと、

「それも、ちょっと」

やはり何か、納得がいかないようだった。

「でも任せて！　みんなとっても面白いやつだから、加奈子ちゃんもきっと楽しいよ。それにどんなことがあっても、俺が絶対に守る」

だから俺は加奈子ちゃんとそんな約束をして、教室に戻った。


正直、俺だけの加奈子ちゃんが、みんなの加奈子ちゃんに変わるのは寂しかったが、それ以上に、楽しそうに笑う姿が……俺は、嬉しかった。


しかし子供たちは素直でも、大人はそうはいかない。

教師の中には加奈子ちゃんを気味悪がり、距離を取る者もいた。中には、何かに利用できないかと考えているような者もいた。今思い返せば、瞳の能力はもう開花していたのだろう。しかし加奈子ちゃんは、また問題を起こさないよう、自分でその能力を閉ざしたのかもしれない。

実際、加奈子ちゃんの能力を利用しようとしていた教師に……俺は、見知らぬ爺《じい》さんを紹介されたことがある。

中学に上がったばかりの頃、突然小学校の教師に呼び出された。

「この方は芦屋幽漫《ゆうまん》とおっしゃる、とても高名な研究者だ。良いか、くれぐれも失礼の無いようにしなさい」

応接室で待っていた、白装束をまとう白髪の爺さんは、研究者というより霊能力者に見えた。

「ひゃっひゃっひゃ、なかなか利発そうな坊主じゃな。どれどれ、その瞳にもなかなかの神格が潜んでおるが……これは使い道がなさそうじゃな。ふむ、しかしあの瞳を育てる糧としては、申し分ない。どれどれ、この指先をよく見てごらん」

そこから先の記憶は、いまだに戻ってこない。

小学校の応接室で何があったのか、謎のままだ。芦屋幽漫の件は、まだ調査が必要なのかもしれない。

――そしてその時から、俺の人生は狂い始めた。

加奈子ちゃんは、俺に何かあるたびに話しかけてきて、

「タツヤ君、元気出して」

その優しい瞳で俺の心を癒してくれた。

意識してなのか、無意識なのか。加奈子ちゃんは俺に溜《た》まった他人からの悪意を、瞳の能力で吸い取っていたのだろう。

なぜこんな大事な記憶を忘れていたのか。――いや、大切な記憶だったから、封印する必要があったのだろう。俺の心がこれ以上壊れてしまわないように。

そう考えると、今までの闇の女王《クイーン》の言葉が理解できる。

思いだした以上、俺がやらなくてはいけないことはひとつだ。

加奈子ちゃんと幼いころした約束、師匠が俺に伝えた数々の言葉、そして闇の女王《クイーン》が俺のためにしてくれたこと。どれもひとつの道としてつながっていた。

「こ、これで……終わりだと思うな……」

なぜか下神の、芦屋の言葉が脳裏をよぎる。

「ちゃんとけじめはつける」

――俺は脳内に浮かんだ芦屋の顔を睨みつけ、決意を新たにした。

×　×　×　×　×

布団に寝そべりながら思いを巡らせていたら、歩兵《ポーン》の一枚が部屋の周りをうろつく加奈子ちゃんをサーチした。

夕飯にはまだ早い時間だったから不思議に思い、ついつい扉を開けると、

「えっ、やっ、たたたタツヤ君。今、その、時間大丈夫かな？」

ピッタリとしたニットの上にジャケットを羽織った、仕事着姿のままの加奈子ちゃんが、なぜか枕を抱きしめて佇《たたず》んでいた。

ずるずると引き延ばしても、仕方が無い。そう、俺は決意したのだ。

「かまわないよ、ちょっと考え事してただけだから」

返事をすると、借りてきた猫みたいに、加奈子ちゃんがそろそろと部屋に入ってくる。

そして、ペタンと布団の近くに腰を下ろした。

俺もその横に座ると「なかなか決心がつかなかったけど、引き延ばすようなことじゃないし……それに」と、抱きしめていた枕をそっと俺の枕の横に並べる。

「ゆ、指輪の返事もちゃんとしてなかったわ」

加奈子ちゃんは恥ずかしそうに、その枕をポンと叩いた。

枕を見ると、カバーに大きく『ＹＥＳ』と、ピンクの糸で刺繍《ししゅう》されている。もしやこれは、新

婚さんが使うとされる伝説の『ＹＥＳ／ＮＯ枕』だろうか？

「話を聞く前に、ちゃんとあたしの気持ちを伝えておきたかったし。その、ズルいかもしれないけど、この怖さと不安を、タツヤ君に消してほしいの」

念のため、枕をひっくり返したら……そこには大きく『ＯＨ　ＹＥＳ！』と真っ赤な糸で、刺繍されていた。

うん、良かった。これはどうやら伝説の『ＹＥＳ／ＮＯ枕』ではないらしい。

俺が安堵《あんど》のため息をもらすと、

「えっ、いきなりそっちなの？　あたしほら、もう十年以上そうゆうのなかったし、初めは優しくしてもらえると……でも、タツヤ君の希望ならあたし頑張る」

加奈子ちゃんは恥ずかしそうにジャケットを脱ぎ、ニットに包まれた大きなブツをボヨンと揺らしながら、俺の首に腕を回してきた。加奈子ちゃんの何かが暴走している気もしたが……。

――もう、俺の意識も暴走を始めて、止まりそうにない。

美しいつり目の大きな瞳が、俺の目の前で揺れている。大きな胸が俺にぶつかりグニャッと形を変え、甘い香りが鼻孔をくすぐり、加奈子ちゃんの小さな吐息が俺の心をかき乱す。

俺はゆっくりと息を吸いながらそのわがままボディーを抱き寄せ、聖女のような瞳の奥を見つめ返した。

……そして、ある存在に気付く。

闇の女王《クイーン》は俺に「フェアじゃないから」と言った。

それは下神の芦屋と名乗った怨霊が、加奈子ちゃんの瞳と俺の心の中に、呪いをかけていることを知ってのことだろう。

「加奈子ちゃん、今までちゃんと話せなくってゴメンね」

「なに？」

俺は加奈子ちゃんの瞳の奥を覗《のぞ》き込みながら、かすかに残る瞳の奥の『呪《しゅ》』を魔法でつかみ取る。

闇の女王《クイーン》の為にも加奈子ちゃんの為にも、このままだとフェアじゃない。それに誰かの呪いを利用して、こんなことをするのは……大賢者としての矜持《きょうじ》が許さない。

これは師匠が説く理《ことわり》にも反するし、大切な『尊い幸せ』にも向かえない。

瞳の奥にあった下神の呪いは、複雑に加奈子ちゃんの記憶に絡みついていて……。除去するためには、繊細な作業が必要だ。

俺は取り除く工程で、少し悩んでから……妖狐や異世界に関わる記憶と、今話した俺の気持ちも記憶から抜き去る。

それが加奈子ちゃんの心を壊さない、最善の方法でもあった。

ゆっくりと瞳を閉じ、全身の力を失った加奈子ちゃんを布団に寝かせ、空中であたふたしていた歩兵《ポーン》に笑いかける。

そして……。

「のぞいてないで、出てきなよ」

ため息交じりに言葉をもらすと、そろりと部屋のドアが開いて、麻也ちゃんと闇の女王《クイーン》と春香が顔を出した。

「ごめん」

素直に謝る麻也ちゃんと、「ダーリンはやっぱり、女心が解《わか》ってないなあ」と、なぜかほっとしたように笑う闇の女王《クイーン》。

「えっと、連絡事項がありまして」

苦笑いしながら、例の作戦の進捗《しんちょく》状況を春香が話し出した。

「こっちの最終調整は終わったし、歩兵《ポーン》からお客さん到着の報告も聞いた。春香、スクランブルだ」

俺の返答に三者三様のリアクションがあったが、「了解です！　じゃあ早速スタンバイします」と、大声で春香が駆け出すと、

「じゃあ約束通り、あたいは麻也についてるねー」

闇の女王《クイーン》はゴスロリ幼女から赤いリボンに変わった。

麻也ちゃんがそのリボンを拾い上げ、髪につけると、

「ねえ、最近のママの記憶を操作して、あたしを置いて出かけて、もう帰ってこないつもり？」

加奈子ちゃんによく似た瞳に涙を溜めて、俺に抱き着いてくる。

「安心して。やり残したことが多すぎるし、俺の目的はささやかな幸せを掴み取り、こっそり暮らしてゆくことだから」

俺がそう言って麻也ちゃんの頭をポンと叩くと、

「こっそりと暮らす？　なによそれ」

泣き笑いのような表情をしながら手を離した。

「そのために努力している」

首をひねる麻也ちゃんに笑いかける。

もう、決意は固まった。俺の甘さが招いた不幸の連鎖はここで断ち切る。

師匠が以前言っていた『そして罪を知って楽しむものがおり、それがお前の理《ことわり》を阻むなら、その罪を背負え』そんな言葉が、頭をよぎる。

初めて耳にしたときは、その意味が正確に理解できていなかったが、今なら分かる。

そしてその先にしか、ささやかで尊い幸せは存在しないのだろう。

唯空に改良魔法スマートフォンで通信をつなげると「おう、猫の嬢ちゃんから報告を受けたのか？　なかなか甘いものが美味《うま》そうな店が見つかったからな、お友達と一緒に来てくれねえか」そう言って通信が切れ、地図が添付されたデータが送られてきた。

「じゃあ、ちょっと待ってて」

麻也ちゃんにそう言い残して、わざと追跡可能な痕跡を残しながら……。

俺はその地図データの場所まで、一気に転移した。

×　×　×　×　×

唯空の地図にあった店は、リトマンマリ通商会の近くにある政令指定都市の港町で、大通りを一本中に入った倉庫街にある。

指定された場所の近くにあった小さな公園に到着すると、潮の香りが鼻を突き、辺りは夕闇に包まれ始めていた。

公園にあった時計の針は、午後五時を回ろうとしている。

転移魔法終了のスキを狙ってくるかと思ったが、追跡者は距離をとって俺を観測しているだけだ。ポートに泊まる貿易船を眺めながらそこまでゆっくり歩いても、追跡者の様子は変わらない。

店の前まで着いて看板を見上げると、力強い筆文字で書かれた『冥土《メイド》喫茶灼熱《しゃくねつ》地獄』そんな怪しすぎる看板が掲げてあった。

──唯空が書いたのだろうか？

店構え自体は、倉庫を改装したおしゃれなカフェのようだが、

「入店を躊躇《ちゅうちょ》するネーミングだ」

俺はついつい深いため息をつく。

ちょっと帰りたくなった気持ちを抑えて店のドアを開くと「お帰りなさいませ、ご主人様！」と、鬼のような角をつけた栗色《くりいろ》の髪のメイドさんが、駆け寄ってきて、嬉しそうに微笑んだ。店内はテーブル席が十席ほどで、カウンターテーブルもあり、同じメイド服に身を包む女性が数人いる。以前ネットでリサーチしたメイド喫茶と同じ雰囲気だったので、とりあえず安心していると「おう、こっちだこっち！」と、奥のテーブルで虚無僧姿の男が大声で手を振ってきた。

「なかなか良い店だろう」

近づくと、唯空はビールジョッキになみなみとデコレーションされたフルーツパフェを頬張っている。唯空の対面の席に座ると、テーブルの奥の大きなガラス窓からは、店の植え込み越しに港を眺めることができた。

オーダーを取りに来たさっきの鬼角娘は、なかなかのダイナマイトボディーで、エプロンドレスを持ち上げる胸元と、やたら短いスカートからはみ出るむっちりとした太ももが、とてもセクシーだった。

俺がついつい見とれていると、「うちの名前はレイナって言うんや、ちゃんと覚えといてね」と、胸元の名札を指さしながら、大きなブラウンのつり目でウインクする。

唯空が食べていたパフェが美味《おい》しそうだったから、同じものをオーダーすると、

「先に言っておくが、俺は佳死津一門を抜けることになった」

唯空はレイナちゃんに笑いかけた後、真面目な顔に戻ってそう言った。

「どうして？」

「今回の件で、下神とつるんでやがった本山の連中が更迭されたんだが、それに伴って今度は権力争いが起きちまってな……俺を上層部に推す声もあったが、まあ、愛想が尽きちまったんだろう」

「迷惑をかけたようだな」

俺が心配すると、

「まあいい機会だったんだろうよ。本山は日本最大の退魔士集団の名前の上にあぐらをかいちまって、もう腐ってやがったのさ。これで少しは風通しが良くなる」

そこで猫耳のメイドさんが、そっと注文したパフェをテーブルに置いた。コースターの下には小さなメモがある。

「唯空が辞める必要はないんじゃ？」

俺はメモを引き抜き、届いたパフェにスプーンを刺した。

「なあ、お客様は神様ですって言葉は知ってるか？」

唯空はニコニコとメイド服の美少女たちを眺めながら、左手でブイサインする。先ほどのメモを見ると、「お友達確認♡」と書かれていた。

なら追跡者は二人で、もう店先まで来たのだろう。

「たしか古い人気歌手の言葉だったような……」

「その歌手がどんな意味で言ったかは知らねえが、あれは金を払って歌を聞いてくれる客が神様って意味じゃねえんだ」

俺は首をひねったが、

「仏の教えにも似たような物があってな。仕事ってのは自分が信じる『神』とか『仏』って呼ばれるものに捧《ささ》げるもので、理想や信念を貫けば、それが巡り巡って多くの人や社会を支える一助になる。だから金をくれる会社や組織、あるいはその大元の客に捧げるもんでもねえ」

続くその言葉に納得がいって、頷くと、

「俺は仏道の修験者で佳死津に仕えた訳じゃねえ。まあ、それだけのことだ」

唯空は楽しそうに笑う。

「それでお前さんに頼みがある」

「なんだ」

「俺についてきたがってる若い連中の面倒を見てくれねえか？　金の問題はアリョーナが何とでもすると言ってくれたが、まとめる人間がいねえ」

「唯空はどうするんだ」

「しばらく放浪しながら修行を積み直すつもりだ。もうこれ以上金剛力を極める気はなかったが……面白い男に出会ってな、考えが少し変わった」

唯空は俺を鋭い眼差《まなざ》しで射止めると「芦屋のジジイを退治するときは、まだ奥の手を出してなかったんだぜ。お前さんが俺より先にあいつを喰らっちまっただけだ」と、ニヤリと口を吊り上げた。

あの異世界でゲートを内包していた魔王の前に立った時ですら、鳴らなかったサーチ魔法の危険シグナルが脳裏で響く。またドキドキ持病が襲ってきたが、これは喜びのせいだろう。

大賢者の称号を得てから本気で戦った敵などいなかったが、目の前の相手はそんな連中とは明らかに違っていた。

「分かった、その修行の成果を楽しみにしている」

きっと俺も唯空と同じように笑っていたのだろう。唯空は俺の目を見て嬉しそうに頷くと「詳細は弟たちにでも聞いてくれ」と、豪快にパフェの残りを平らげた。

「じゃあ俺はこれで旅立つが、行きがけの駄賃で良いモノを見せてやろう」

そして席を立って笠《かさ》を深くかぶると、唯空は僧衣をひるがえしながらクールに去って行く。


……メイド喫茶で。


「いってらっしゃいませ、ご主人様！」

そんな美少女たちの声と、後ろの席で必死にメイドさんを口説いているロン毛の双子の声を聴きながら俺がため息をつくと、「お帰りなさいませ、ご主人様！」と、また美少女たちの声が店内に響く。

どうやら入れ替わりで、カップルの客が来たようだ。

二人ともジーンズにパーカーを羽織ったカジュアルなスタイルで、フードを深くかぶり、女性は既に日も落ちているのにサングラスをしていた。

女性が入り口の近くの小さな段差につまずくと「ちっ」と、男が舌打ちをしながら肩を抱き、女性はビクリと全身を震わせた。その姿からは、仲の良さは窺《うかが》えない。たぶん女性は目が不自由なのだろう。

「追加オーダーはよろしいですか?」

パフェを持ってきてくれた猫耳のメイドが、俺のテーブルに来て声をかけてくる。

「スクランブルを頼むよ」

俺がそう呟くと、

「かしこまりました、ご主人様」

黒く透き通ったストレートヘアを揺らして……。

その美しいメイド服の少女は、深々と俺に頭を下げた。

×　×　×　×　×

猫耳のメイドが俺の席を離れると、フードを被《かぶ》った男がドカリと音を立てて、唯空が座っていた席に腰を下ろす。

連れの女性は、少し離れたカウンターテーブルに疲れたように伏していた。俺が心配して女性を見ていたら、男がフードを外してツンツンにとがった髪をぐしゃぐしゃと掻《か》き「久しぶりだな、サイトー」と、中学や高校で俺をイジメていた、同級生のような視線で睨んできた。

「ケイン、少し痩せたな」

勇者ケインの目の下には薄っすらとクマがあり、頬には回復魔法では癒えきらなかったような切り傷がある。

「驚かないんだな」

鼻で笑うケインに「いや、驚いているよ。てっきり三人で来ると思っていたからな、聖騎士ライザーはどうした」と、俺はグラスの水を飲みながら聞き返した。

「モーリンの件であのボンボンがあまりにも反抗的になりやがったから、聖剣のサビに変えてやったよ。いろいろと良い思いをさせてやったのに、今更あの女が惜しくなったみたいでな」

自分の頬の傷を指さして、ニヤリと笑う。

「そうか、惜しいことをした」

勇者パーティーにいた頃、二人はとても仲が良く見えたのに……残念でならない。それとも彼らの友情とは、その程度のモノなのだろうか。

「モーリンから死に際に話を聞かなかったのか？　お前からモーリンを奪うために禁呪に手を出して、あいつを犯そうとしたやつだぜ」

怪我の癒えたモーリンからその話は聞いている。

アンジェもモーリンも、魔族と密約していた勇者ケインが持つ特殊な魔道具で心変わりさせられ、魔王を倒すころには既に正気ではなかったと。

それでも二人はギリギリのところで抵抗し、ケインやライザーに無理に犯されそうになれば、その度に命を絶つ覚悟で挑んでいたから操は守れたと。

モーリンは、そんな話を涙ながらに語ってくれた。

その話にも怒りを覚えたが、モーリンの命が助かってないと確信して、ケインが自己保身の嘘《うそ》をつくことも虚《むな》しい。

「もっと早く気付かなかった俺のミスだ。陛下からは魔王討伐と同時に四人の教育も頼まれていたのにな」

俺が陛下から受けた任務は魔王討伐と、次世代の帝国を担う人材の育成だった。新たな魔王やそれに匹敵する災厄に帝国が直面した際に、毎回大賢者の力を借りなくても人族が自力で生き延びていけるようにするためだと、陛下は言っていた。

師匠もそれなら力を貸しても良いと言うので、俺ひとりで魔王を倒さず、将来のことを考え、時間がかかっても彼らと共に行動したのだが……。

「へっ、相変わらずその全てを見透かしたような、上から目線が気に入らねえ」

どうやら肝心な人選を誤っていたようだ。

「ケインに魔族の血が流れていることも、その剣がもう聖剣ではなく魔剣であることも知っていたが……努力と正義感は認めていたんだ。上手くいけば魔族と人族の平和のための懸け橋になれるんじゃないかと、期待もしていた」

初めて会った時から、ケインの素性には気付いていた。しかし何かに打ち込む姿は本物だったし、努力家でもあった。旅の途中で聖騎士ライザーの剣技が著しく向上したことがあったが、それはケインがライザーに聖剣を渡したことが要因だった。

それも仲間を思っての行動だと思い、見て見ぬふりをしていたが……。

最初の襲撃で騎士《ナイト》が受けた斬撃も、リトマンマリ通商会で俺が受けた斬撃も、ライザーが聖剣で放ったものだろう。

以前より出力が増していたからまさかとは思ったが、モーリンから聞いた情報では魔族がもつ技術で、ケインもライザーも能力の引き上げをしていたそうだから間違いない。

しかもその詳細を聞くと、この世界の技術流用の疑いもある。かなり根が深い問題だ。

「なぜ魔族と手を組んで、こんなつまらない事をしている」

「俺をガキの頃から差別して痛めつけてきた人族に、はなっから愛着なんかねえよ。俺が狙ってるのは次期魔王の座だ。その為にはあんたがどうしても邪魔なんだよ」

「だから、それそのものが魔族の得意な罠だと、なぜ気付かない」

俺がグラスの水を飲みほしてため息をつくと、ケインは拳を握りしめてプルプルと震えた。

「御託はどうだっていい！　偉そうなことを言ったって、どうせお前も初代大賢者から受け継いだ龍王《キング》や闇の女王《クイーン》がなきゃ、ただの魔術士なんだ。しかもお得意の、あの変な魔法石は一枚を残して今全て手元にねえ。まさか勝てると思ってるんじゃねえだろうな？　言っとくが俺は魔族の力を全部開放すれば、もっと出力を上げられるぜ」

俺はケインの瞳をのぞき込んだ。

正義感があって純粋だと感じていた部分は、ただのガキの思想だった。言ってることもやってることも、中高生のイジメっ子やガキ大将と変わりない。

それが見破れなかったのは、俺がイジメに対する認識を誤る、芦屋の怨霊の呪いを受けていたせいもあるが……必死になって自分を正当化し、虚栄を張って自分を大きく見せようとし、他人を不当に低く評価しようとする。目の前にいる勇者は、あまりにも小さな男だった。

俺がもっと早く気付けば……いや、もう一度チャンスをあげれば……。

そんな考えも頭をよぎったが、闇の女王《クイーン》は「悪意にまで優しさを抱くのは危険な行為」だと言った。師匠も「自然の理《ことわり》や人々の理《ことわり》から外れる『罪』」があると言っていた。

だからここは俺が決意して、問わねばならない。

「お前は罪を知らぬ阿呆か、罪から逃げる卑怯者《ひきょうもの》か、それとも俺が背負うべき罪なのか」

俺の言葉に怒りを露《あら》わにしたケインが、自分の収納魔法から魔剣を抜き取る。

「チェック」

俺が最後の歩兵《ポーン》を指ではじいてケインに放ると、

「その程度、盾にすらならん！」

ケインは歩兵《ポーン》を振り払い、禍々《まがまが》しい剣を俺の顔面に向かって全力で振ってくる。

「きゃん！」

俺が手にしていた最後のコマが気を失うと、「ドン」と音を立てて……俺の魔力回路が跳ね上がった。

ケインの姿はもう魔族そのもので、口からは大きな牙が見え目もつり上がり、頭上には羊のような曲がりくねった角が生えている。

俺が片手で魔剣を受けると、ケインの動きがピタリと止まった。

「な、何しやがった！」

引くことも押すこともできなくなった魔剣を握りしめ、ケインが俺を睨む。

「まだ魔力は使っていない、ただの腕力だ」

俺はもう片方の手に持っていたグラスをテーブルに置き、その魔剣も手放す。

伝わってきた感覚に、違和感を覚えたからだが、「バカなこと言ってんじゃねえ、こいつは聖剣だって叩き斬れる魔族の宝具なんだ！　しかも特殊な技術で加工した……」そんな、ケインの言葉に確信する。やはり下神が所有していた現代兵器と魔道具の融合は、異世界でも使われているようだ。さっきの違和感は、魔力を半導体レーザーの要領で振動させたものだろう。

サーチ魔法で確認すると、やはり柄の部分に光学半導体のような物が仕込まれている。

もう一度ケインは袈裟懸《けさが》けに俺を狙ったが、同じように左手で受け止めると、「何を隠してやがんだ……たしかに魔力は感知できねえが、そんなことできるわけ……」そう言いながら、徐々に身体を震わせる。どうしても俺との実力差を認めたくないようだ。

「勘違いしてるようだが、チェスの駒は能力を上げる物じゃなくて、俺の力を抑えるための物だ」

すぐ暴走して制御ができなくなる魔力を抑えて、上手く操作できるように『枷』として利用しているのが、あの魔法石の駒と龍王と闇の女王《キングクイーン》だった。

「それをすべて外すと、身体能力も魔力も元に戻ってしまう」

「くそっ……次はそのカラクリを見破って、必ず命を奪ってやるからな」

まだ俺の話を認めたくないようで、ケインは魔剣を手放して収納魔法から拳銃を取り出すと、自分のこめかみに当て、カウンターにいたフードの女性に手を伸ばした。

「待ってたよ」

それは前の戦いで魔族軍の将校が使った手口と同じ……扉の能力を利用して、自分の命と引き換えに異世界に帰る方法だ。

普通なら死んでしまうだけだが、前回はモーリンの目の力を利用して転移を可能にしていたし、今回はカウンターテーブルの女性を利用するつもりだろう。

拳銃のトリガーに転移ゲートにつながる術式を見つけ、

「これで、チェック・メイトだ」


魔力を叩き込むと時空間の扉が開き、ケインが徐々に吸い込まれてゆく。

「なんだ、こりゃあ」

「転移魔法の失敗は『時の迷子』を生むことぐらい知ってるだろう。罪を知らぬ阿呆よ、そこで自分の今までの行いを悔いるが良い」

ケインは最後まで俺を睨みながら、時空間の歪《ひずみ》に吸い込まれていった。

確実に息の根を止めるべきだったか――。

俺の心は揺れたが、『時の迷子』の末路は悲惨なものだ。俺はケインに対する行いを胸に刻み、その罪を背負うことを心に誓う。

そして、もうひとつのやり残した仕事。……俺は閉じ切っていない時空間の歪に向かって、手を広げた。

三枚あった扉の一枚は師匠がもっていて、もう一枚は俺がこの世界に戻る際に回収した。どんな手段でもう一枚が使われているのか分からないが、このチャンスに回収しなければ、また同じ不幸が起きてしまうだろう。

「魔力を開放する、春香！」

「――了解です」

俺の声に、猫耳のメイド……店員のふりをしていた春香が扇子を広げる。

「皆さん、お願いします！」

春香は大声で叫ぶと、自分の魔力を放出しながら舞うようにステップを踏んで、身体をくるくると回転させる。

それに合わせてメイドに扮《ふん》していた元下神の戦闘巫女や、厨房《ちゅうぼう》に隠れていた千代さんと阿斬《あざん》さんと吽斬《うんざん》さんがそれぞれの魔力を放出する。

同じように厨房にいたモーリンの呪文が聞こえてくると、続いて客に扮していた唯空の双子の

弟、左門、右門兄弟が経を唱え始め……。

俺の席から見えるウィンドウの外で、虚無僧姿の男が念仏を唱え始める。

この店はリトマンマリ通商会が運営しているバーを、この日の為に改装したものだ。あちこちに俺の魔力に対応できるような魔術的補強が施してある。

店全体が特殊なフィールドに囲まれたことを確認して、

「──持ちこたえてくれよ」

俺は枷の外れた魔力を腕から放出する。

あの扉《ゲート》は、枷のある状態では到底開くことのできないものだが、枷を外せば十分開けることが可能な代物だった。

問題は枷を外した魔力を俺がまだコントロールできないことだが、今回は皆の力を借りてそれを行うことにした。異世界でもアイディアとしては持っていたが……。

日本に帰ることに反対していた師匠の手は借りられないし、それ以外で俺の全開魔力を受け止められる人物が見当たらなかったから、諦めていた方法だった。

──ウィンドウの外にいる唯空の左腕が青く輝き始める。

陰陽師、妖狐、異世界の魔導士モーリン。唯空はまったく系統の違う魔力をキレイに編み上げ、それに自分の魔力を載せながら完璧なフィールドを作り出した。

──その魔法術式は見とれてしまうほど美しい。

「これならいける」

俺は魔力を開放しながらケインが吸い込まれた歪に手を入れ、強引に扉《ゲート》を摑《つか》み取り、更に出力を上げ……。

「モーリンやアンジェが安心して帰れる理想の形にできるな」

扉《ゲート》を魔力で変化させ、異空間トンネルとして固定させた。

今放出した魔力は、大型火山の噴火や小隕石《しょういんせき》の追突に匹敵する物だったが、店全体が緩やかに揺れているだけでフィールドは壊れていない。

店の中にいる全員が精も根も尽き果てたとばかりに倒れ込んだが、そのほとんどを受け取っていた唯空は疲れた様子すら見せていない。

唯空は、青く輝く鬼のような手で笠をつまみ上げると、「またな」とウィンドウ越しに俺に向かって口を動かし、暗闇にまぎれるように去って行く。

「撲殺炎者」唯空《ゆいくう》。それがきっと、俺が初めて出会ったライバルの名前だ。唯空の後ろ姿に、俺の身体が自然と震え始めると……。

「サイトー様……この魔力波は、大賢者サイトー様ですか」

カウンターに伏せていたフードの女性が立ち上がり、両手をさ迷わせながら、今にも転びそうな足取りで俺に向かってくる。

「アンジェ！」

俺が抱きとめると、その状態はモーリンより酷《ひど》く、自力で歩けることが不思議なくらいだった。

「苦労をかけた」

俺は急いで回復魔法を掛けたが、その傷がなかなか癒えない。更に出力を上げるとアンジェの背が少し縮んでしまったが、命が優先だろうとそのまま続けると……。

全ての傷が癒える頃には、ポンキューポンのダイナマイトバディだったアンジェが、中学生ぐらいの見てくれに変わってしまった。

「大丈夫か？」

アンジェから手を離すと、着ていたパーカーはもうブカブカで、穿いていたジーンズもサイズが合わなくなったのか、ポトンと音を立てて脱げてしまう。フルオープンになった白いレースのパンツと、傷の癒えた若々しくツルンとした太ももに驚いていると、「ああ、何という奇跡でしょう……サイトー様の御姿をもう一度この目で見ることができるなんて。これで思い残すことなく天国へ行けます」

元気になったアンジェは、泣きじゃくりながら俺にしがみついた。もう、ブラジャーのサイズも合っていないのだろう。パーカーの下の薄いシャツ越しに、それでも中学生レベルとは思えない大きな胸が、ズレたブラジャーを押しのけてボヨンボヨンとダイレクトな感覚を伝えてくる。

その姿と感覚に、またドキドキ持病が襲って来て……。

俺はもう一度、いろいろな意味で身体が震え始めた。

〈跋文《ばつぶん》〉

帝国の情報公開に伴い開示された記録石にある記憶によると、モンブランシェット歴三〇三六年に起きた、魔王討伐と勇者パーティー解散の真相はこうなる。

嘘《うそ》が記せない記録石とはいえ、あまりにも荒唐無稽なこの記憶をそのまま歴史的事実として扱うには、いくつかの問題があるだろう。

そこで私は、この記録石に混在していた大賢者サイトー以外の記憶を、終章として記す。

なぜなら、歴史上最も人々に愛された英雄、大賢者サイトーの素顔が、ひとりの少女の目から語られているからだ。


そして真実は何処《どこ》にあったのか、それをこの書を読む者に委ねたい。

モーリス・アマデラド

終章

あたしの家には、秘密がある。

それはあたしのパパが実は妖狐《ようこ》だったとか、世界には公にされていない異能の力があって、それを国や組織が秘密裏に管理してるとか、そんなありふれた問題じゃない。

小さな廃れた商店街のどこにでもある制服を扱う小さな服屋の二階。

昔あたしのお祖父《じい》ちゃんとお祖母《ばあ》ちゃんが使っていた部屋に、それはある。

畳の上には敷きっぱなしの布団があり、古いローテーブルの上には使い込まれたチェスセットが置いてあり、その奥のクローゼットの扉を三回連続でパタンパタンと動かすと、魔法のキーが外れて、それは開く。

「やあ、麻也《まや》ちゃんどうしたの？」

クローゼットの中に入ると、三十畳はありそうなフローリングの部屋の中央に、同時に十人は座れる大きな円卓があり、そこに並ぶ中世の王が座るような椅子に優雅に腰かけた、ファッション雑誌のモデルのような男が話しかけてきた。

ハリウッド映画の魔法使いのような漆黒のローブの下は、中世ヨーロッパの騎士のような服で、それを嫌味無く着こなしている。

部屋の天井は高く、壁は円卓に沿うように円筒形《えんとう》になっていて、十枚以上の扉がついている。

そしてそれぞれの扉が違う収納魔法の部屋や、転移魔法で作った別の空間につながっていて、中にはこの男が造った『異世界トンネル』などという物まであって……。

どうやら気軽に異世界との行き来が可能になったそうだ。

そしてこの男が倉庫と呼んでいる場所には、一度だけ足を踏み入れたことがある。この男が異世界で封印したとんでもない魔道具や呪術物が散乱し、ダンジョンで発見したものや、国王や貴族から譲り受けた金銀財宝も無造作に置いてあった。

以前マフィアさんに売ったレアメタルなんか、入り口に適当に積み上げてあったから、本当にゴミかと思った。なにせ広さは東京ドーム数十個分になるらしく、本人も何があるのか、よく把握していないらしい。

これらを本人は収納魔法と呼んでいるが、この男の力と技術の桁がズレてるせいで、もう別次元の魔法になっているそうだ。


「闇の女王《クィーン》さんがネット通販で頼んだお取り寄せ高級ケーキセットが届いたから、持ってきた」

あたしが抱えていた大きな保冷箱を見ると、その男の後ろの何もない空間からピンクの髪でゴスロリドレスを着た幼女が飛び出す。

「麻也、一緒に食べよー！」

この甘いもの大好き幼女は、異世界で伝説の魔女と恐れられていたそうだけど、今はあたしの魔法の師匠で、悩み事を聞いてくれる数少ない親友のひとりだ。

声を聞き付けたのか、壁の扉が一つ開き「じゃあお茶用意するよ、何人分？」元クラスメイトの猫又がメイド服姿で現れて、保冷箱の中のスイーツをのぞき込み、満面の笑みをもらす。こいつは今もこの空間の一室に住んでいるが、普段は以前所属していた陰陽師《おんみょうじ》の『戦闘巫女《みこ》部隊』から離脱した娘たちのリーダーをしていて、この男が所有している温泉街の旅館なんかの手伝いをしている。

どうやら猫又こと春香《はるか》も、このケーキを狙ってるようだが、

「とりあえず十人分頼んだから、あと数人増えても大丈夫なんじゃないのかなー」

闇の女王《クイーン》さんの言葉に「じゃあ、アンちゃんも呼んでくるね」と、違う扉に向かって、走り出す。

するとフワフワの赤髪でやたら胸の大きな中学生ぐらいの女の子が、ミニスカートのセーラー服にルーズソックス姿で現れて「大賢者様、お茶会にお呼びいただき大変光栄です」と、優雅に膝を折って挨拶する。

彼女は元異世界の聖女様で、有名な貴族の出身でもあるそうだから、格好は微妙だがそのふるまいには気品が感じられた。

今は若返ってしまった身体に馴染《なじ》むことと、精神的な療養を兼ねて、この収納魔法の中の部屋に住みながら、あたしの叔母さんの温泉稲荷《いなり》で湯治している。

異世界人にとってもその温泉は、魔力的な効果があるようで、モーリンさんという魔導士の女性と一緒に、よく温泉稲荷に出かけていた。

どうやらその世界にはお風呂自体が存在しないようで、彼女たちは「こんな心身ともにリフレッシュできる治療方法があったなんて」と、感心していた。

モーリンさんの話では、数人の友達を連れて行ったら、ビジネスとして異世界からの客を受け入れないかと、各所から引き合いが来ているそうだ。

「どうアンジェ？　調子は」

男が巨乳ルーズ少女に話しかけると、嬉《うれ》しそうにパーッと顔をほころばせ「おかげさまで、順調に癒えております。全ては大賢者様のおかげです」と、まるで胸を強調するように腕を組んで、神に祈るように頭を下げた。

おかげで高級レースのパンツも見えちゃってるけど……。

「じゃあこの電話が終わったら、みんなでお茶にしよう」

男はそのパンツと胸をチラ見しながら、いそいそと魔法で改造したスマートフォンを空中に展開した。この元聖女様もなかなか侮れなくって、あの格好もパンチラも絶対狙ってやっている。

電話の相手はアリョーナさんというロシア系マフィアの人で、今この街の温泉街と商店街を合わせた町興しと、異世界との通商にてんやわんやらしいが、

「もうね、佳死津《かしづ》一門から最大戦力の唯空《ゆいくう》門下が抜けて、この街に居ついて、下神《しもがみ》一派が空中分解

して、戦闘巫女集団がこの街にいて、しかも伝説の妖狐族も含めて、皆あの男を慕っている。それで異世界とも交流ができれば、日本……いやこの世界の裏社会を牛耳るのも夢じゃないわ！　そう、今があたしの人生最大のチャンスなのよー」

以前そんなことを叫びながら、鼻息も荒く、額に汗をかきながら美しい顔を上気させていたから……もう、過労死しないか心配だ。

春香が紅茶を用意してあたしがケーキを並べると、電話を終えた男が嬉しそうにテーブルに視線を移し「じゃあ、いただこうか」と、自分の目の前にあったショートケーキを頬張った。フォークを器用に動かし、愛《いと》おしそうに生クリームの上の苺《いちご》を眺めている姿は、可愛《かわい》いと言えば可愛い。

——そして。

「麻也ちゃんは、その、後遺症とかない？」

心配そうにあたしの瞳の奥をのぞき込む。

「さあ、何が後遺症なのか分かんない」

あたしは高鳴る胸の鼓動を隠すように、目をそらした。

この男に恋したのが、どのタイミングなのかあたしには分からない。

あたしやママにかけられた瞳の呪いを解いたとき？

それとも龍《りゅうじん》神様を操り、大賢者と名乗りながら、さっそうと敵に向かっていったときだろうか？

認めたくないが、ひょっとしたら初めて逢《あ》ったとき……その瞳の奥にあった悲しみと優しさと力強さに、もう心を奪われていたのだろうか。

恋なんて病だと思う。もし後遺症があるのなら、きっとドキドキが止まらなくなるこの心だ。

そしてこの恋という病が、いつかふっと消えてしまうのか、それともあたしの心をつかんで離さなくなるのか、それすら分からない。

あたしが黙り込んでいると「麻也ちゃんのママとも、もっと上手《うま》く付き合う方法を探さなきゃいけないし……今回の件でよく分かったが、どうも別の場所でも異世界とこの世界はまだつながってる。あの下神が使っていた現代兵器と魔法を合わせた武器や戦術、スマートフォンなどの技術流出を考えると……うむ、魔族の動向を含め、もう少し探りを入れないといけないいな」そう言いながら頬杖《ほおづえ》をついて、スラリとした脚を組み替えながら、優雅にティーカップを傾けた。


異世界や妖狐の記憶を失ったママは今まで通り暮らしているが、この男とママは小学生が読む少女漫画のようにじれったい。

今朝も目玉焼きのお皿を受け渡したとき、手と手が触れて、お互い顔を赤らめていた。最大のライバルであるママがそんなのだから、危機感が少なくて精神衛生上は助かってるけど。

どうもあたしが恋した相手は、使えきれないほどの富にも興味がなく、歴史に名を残すような名声や権力にも興味がなく、おまけに女に奥手で……。

選ばれし者の知と力を持ち、努力家で、心の中に揺るぎ無い強い意志を持ち、大賢者と呼ばれて多くの人の尊敬と愛を集めているが、

「うむ、なかなか小さく尊い幸せをつかむというのは、難しいものだな」

そんなことを言って、ため息をつく。

春香が男の言葉に微笑《ほほえ》みながら、本物のメイド宜《よろ》しく円卓に座った人たちに紅茶のおかわりを注ぐ。闇の女王《クイーン》さんは男の横で嬉しそうに四個目のケーキを丸呑《まるの》みし、指についた生クリームをペロリと舐《な》める。

それを見ていたアンジェさんが手を口に当てながら、とっても品良く微笑んだ。

何だが凄《すご》く優雅な昼下がりで、こんな至宝の様な美少女たちに囲まれていても……。

異世界帰りの大賢者様は、それでもこっそり暮らしているつもりのようだ。

第一部　完

あとがき

この小説は二〇一九年の一〇月からWEBサイト『小説家になろう』にて、連載開始したものを加筆修正し、まとめたものです。出版は二〇二一年の九月になるそうなので、スタートからほぼ二年経過したことになります。

うん、今思い返すと、この二年は長かったような短かったような。まず「事実は小説より奇なり」とはいうものの、その頃と今とでは世界が文字通り一変しています。パンデミックやら緊急事態宣言やら。日々起こる出来事が、ことごとく僕の浅はかな想像を超えていて、小説を書く難しさを実感するばかりです。そして、書籍化の道のりも、平坦ではなかったような。

実は連載早々、ネットで多くの読者様からご声援いただき、ランキングも目立つ位置にあったせいか、開始数週間で複数の出版社様から打診をいただきました。ひとつひとつご提案を吟味し、最終的に決めた出版社様に地元岐阜の銘菓「鮎まんじゅう」（注：鮎は入っていません、それっぽい形をした普通のおまんじゅうです）の御箱を持って上京し、意気投合して契約まで進んだのですが、先方様の会社の事情により、話が途中で消えてしまい……。

やはり僕に書籍化なんて、身に余る話だったのだと呆然としていたら、捨てる神あれば拾う神ありなのでしょう。しばらくして、講談社様からお声がけをいただきました。

今度こそはと意気込み、田舎者だとばれないような服をネットのセールスで購入し、御箱も厳選して、岐阜の銘菓「水まんじゅう」（注：水に包まれたおまんじゅうではありません。ちょっと水